Tierra marcada

Antología de cuentos latinoamericanos del siglo XX

D1052398

SERIE ROJA

ALFAGUARA

© Herederos de Guillermo Cabrera Infante, 1960; © Herederos de Julio Cortázar, 1966; © Herederos de José Donoso, 1970; © Gabriel García Márquez, 1962; © Herederos de Elena Garro, 1987; © Herederos de Clarice Lispector, 1964; © Julio Ramón Ribeyro, 1955 y © Herederos de Julio Ramón Ribeyro; © Herederos de Augusto Roa Bastos, 1960; © Herederos de Juan Rulfo, 1953

De esta edición:

ALFAGUARA

2006, Aguilar, Altea, Taurus, Alfaguara S.A.
Av. Leandro N. Alem 720 (C1001AAP) Ciudad Autónoma de Buenos Aires

ISBN: 987-04-0302-6

Hecho el depósito que marca la ley 11.723
Impreso en la Argentina. Printed in Argentina
Primera edición: febrero de 2006

Prólogo: Liliana Heker
Estudio: Pablo Ansolabehere
Selección de textos: Fabiana Alejandra Sordi
Realización gráfica: Alejandra Mosconi

Una editorial del Grupo **Santillana** que edita en:
España • Argentina • Bolivia • Brasil • Colombia • Costa Rica • Chile • Ecuador • El Salvador • EE.UU. • Guatemala • Honduras • México • Panamá • Paraguay • Perú • Portugal • Puerto Rico • República Dominicana • Uruguay • Venezuela

Tierra marcada : antología de cuentos latinoamericanos del siglo xx -
1a ed. - Buenos Aires : Aguilar, Altea, Taurus, Alfaguara, 2005.
186 p. ; 19x12 cm. (Roja)

ISBN 987-04-0302-6

1. Narrativa Juvenil Latinoamericana.
CDD 863.928 3

Guillermo Cabrera Infante

Julio Cortázar

José Donoso

Gabriel García Márquez

Elena Garro

Clarice Lispector

Julio Ramón Ribeyro

Augusto Roa Bastos

Juan Rulfo

Prólogo: **Liliana Heker**

Estudio: **Pablo Asolabehere**

SERIE ROJA

ALFAGUARA

[Prólogo]

Por Liliana Heker

Yo tenía quince años y creía saber desde siempre que París, y Londres, y el país malayo, y el Olimpo con sus dioses beligerantes, y el África de fieras agazapadas, y las galaxias remotas, y las márgenes barrosas del Mississipi, eran territorios apropiados para que sucediese la literatura. Pero por casa, nada. Entonces cayó en mis manos una novela que me cambió la cabeza. Se llamaba *Los gobernantes del rocío*, transcurría en Haití, y tenía una intensidad y una belleza que me dejaron su marca hasta hoy. Fue así como supe que nuestra América también era tierra propicia para que floreciese la literatura. Y aunque aun lo ignoraba, esa América exuberante e injusta descubierta en los libros no solo empezaba a existir para mí: millares de adolescentes de mi generación comenzaban a encontrarle un sentido a la palabra "Latinoamérica".

Un año después de haber leído la novela de Jacques Roumain, cuando ya, arrastrada por el imán de ese libro y del mundo que sugería, había leído a Miguel Ángel Asturias, a Jorge Amado, a Ciro Alegría, a Nicolás Guillén, cuando por vía de los libros estaba aprendiendo a internarme en ese mundo lujurioso, inexplorado y de desigualdades feroces que era y sigue siendo Latinoamérica, cuando empezaba a decidir que, por nacimiento y por ideas, yo era parte inseparable de ese mundo, ocurrió, en este continente y en idioma español, una revolución social. Hasta entonces, las revoluciones capaces de marcar la historia debían ocurrir en Francia, o en Rusia, o en China: a partir del '59 podían pasar también de este lado del mundo. El hecho histórico le reafirmaba el sentido al término "Latinoamérica", y echaba una luz nueva sobre ese fenómeno diverso y espléndido que era su literatura.

Cierto que pocos años después de estos acontecimientos —históricos y personales— sucedió lo que ruidosamente se llamaría el *boom*, y que grandes escritores latinoamericanos (García Márquez, Cortázar, Carlos Fuentes, entre otros), empezaron a ser conocidos no solo en sus países, también en Europa y Estados Unidos, de tal manera que dio la impresión de que recién entonces, milagrosamente y de un solo golpe, nacía la literatura latinoamericana. No hay que llamarse a engaño: esa literatura venía de antes, creció luminosa y a veces secretamente durante el transcurso del *boom*, y siguió floreciendo y renovándose cuando los últimos ecos de ese *boom* se habían apagado.

Para ser justos, hay que decir que el *boom* tuvo dos méritos incuestionables: impuso la conciencia colectiva de que existe, plena de vigencia, la literatura latinoamericana, e instaló como clásicos obras realmente excepcionales. Es improbable que un lector adolescente de hoy tenga un prejuicio similar al que yo tenía a los quince años. Seguramente ya ha leído (o al menos piensa que algún día va a leer), *Cien años de soledad*. Y está bien eso, porque es una novela bellísima con un lenguaje esplendoroso. Pero hay que tener muy claro que ese libro no es toda la literatura latinoamericana ni tampoco es su modelo. Como en el resto de las letras universales, también en esta América lo histórico, lo íntimo, lo social, lo fantástico, lo urbano, proporcionan la materia para armar cuentos y novelas. E igual que en cualquier parte del mundo, son el humor, el absurdo, la desdicha, el amor, el miedo, los que suelen mover el hilo de las historias. Eso que llamamos "latinoamericano", se resiste a las definiciones: emerge, diverso e inaprensible, a contrapelo de los hechos contados. A veces, solo se expone luminosamente en el lenguaje. Y está bien: la música de las palabras, el modo particular de "decir" que capta, y del que se ha nutrido, un escritor, suele hablar más sobre la región que habita y sobre su gente que cualquier precisión histórica o geográfica.

Establecido así lo que considero latinoamericano, puedo decir que esta antología me parece un excelente portal para entrar a su literatura. No solo porque reúne a diez de los grandes escritores de Latinoamérica: también por la variedad de los conflictos que se narran, por la riqueza de matices entre los lenguajes de uno y otro cuento, por las diversas modalidades de la escritura. Seguramente permitirán que el lector se despoje de todo prejuicio, de todo concepto esquemático acerca de cómo es o qué debe contar la narrativa de esta América, que sospeche la vastedad de lo que ha dado y sigue dando la literatura de nuestros países. Pero eso vendrá por añadidura. Lo que yo recomiendo es que, ante todo, ese lector se hunda porque sí nomás en el encantamiento que provoca la lectura de una antología. Que se regale sin pretextos el placer de leer cuentos hermosos.

Un rato de tenmealla

Guillermo Cabrera Infante

Y entonces el hombre dice que ellos dicen, que le diga que no pueden esperar mas y entonces y entonces y entonces mama le dijo que eran unos esto y lo otro y que primero la sacaban a ella por delante y el hombre le dice que no la coja con el que no tiene que ver nada y que el hace lo que le mandan y que para eso le pagaban y mama le dijo que estaba bien que ella comprendia todo pero que si no podian esperar un mes mas y el hombre dice que ni un dia y que mañana vendran a sacar los muebles y que no oponga resistencia porque seria peor porque traerian a la policia y entonces los sacarian a la fuerza y los meterian en la carcel y que entonces y señalo para mi y para julita en la cuna nos quedariamos sin nadie que nos cuidara y que lo pensara bien que lo pensara bien y entonces mama le dijo que parecia mentira que ellos que eran pobres como nosotros se unieran a los ricos y el hombre dice que el tenia que darle de comer a sus hijos y que si a ella no se le habia muerto ninguno de hambre a el si y mama todo lo que hizo fue levantar la mano y enseñarle tres dedos y el hombre se quedo callado y luego mama miro para nosotros y dijo que nosotros no nos habiamos muerto porque quizas morir fuera demasiado bueno para nosotros

y le dijo que le diera un dia mas y el hombre cambio
la cara que se habia puesto cuando mama le enseño los
dedos por la que trajo y entonces mama dijo que en
vez de cobrar debian pagar por vivir en aquella y dijo
una palabra dificil seguida de una mala palabra y el
hombre respondio que a el no le interesaba y antes de
irse le dice que mejor iba empaquetando las cosas y
que no fuera a dañar el piso o las puertas o los cristales de la luceta porque tendriamos que pagarlo y lo que
mama hizo fue tirarle la puerta en la cara y el tipo dijo que eso no lo decia el sino el dueño y que no fuera
tan injusta pero al golpear la puerta contra el marco
una de las bisagras de arriba se zafo y la hoja casi se
cayo y mama comenzo a maldecir y decir cosas malas
y luego comenzo a halarse los pelos y darse golpes en
la cabeza hasta que cayo al suelo y se puso a llorar re-
costada contra la hoja que se mecia cada vez que so-
llozaba y mariantonieta se arrimo a ella y le dijo que
no llorara que todo se arreglaria y que quiza papa trajera dinero pero mama siguio llorando y mariantonieta se puso a darme de comer como antes de que llegara el hombre y me golpeo en la mano porque yo me
meti los dedos en la nariz y luego hice una bolita y entonces yo cogi y empece a llorar y cuando ella trato de
seguirme dando la comida le pegue en la cuchara y la
bote al suelo y entonces ella me levanto por un brazo
con fuerza pero no me dolio porque mas me dolian las
nalgadas que me estaba dando y dice que yo soy una
vejiga de mierda y cogio la tabla de encender la candela pero entonces mama la aguanto y le dijo que me
dejara que bastante teniamos ya para que nos fueran

a estar agolpeando tambien y entonces mariantonieta
dice que ya yo tengo seis años para comprender bien
lo que hago y lo que pase y me levanto otra vez pero
por el otro brazo y senti como la tabla hacia fresco por
arriba de mi cabeza y entonces mama le grito que hiciera lo que ella decia y que que clase de hermana era
ella y que que pasaria si ella faltara y nos dejara a su
cuidado y mariantonieta me dejo y se fue a comer y no
debe de haber estado muy buena porque un nudo su-
bia y bajaba en su garganta y entonces fue que llego
papa que venia arrastrando los pies con la cabeza como si la tuviese directamente sobre el pecho y no sobre los hombros y mama dijo que no tenia que preguntarle para saber que no habia conseguido nada y que si
no hubiera sido por ella que logro que le fiaran los pla-
tanos no hubieramos comido y que que pensaba el que
si creia que asi se podia seguir y papa dijo que nadie
queria prestarle y que cuando lo veian venir se iban
antes de que llegara y era muy duro para un hombre
ver como los que el creia sus amigos le viraban la espalda ahora que estaba cesante y que si acaso alguno
se quedaba para oirlo no era por mucho rato y que in-
variablemente le decia que el estaba muy chivado ahora para echarse mas problemas encima pero que veria
a ver si podia hacer algo por el pero que no lo estuviera apurando y cayendole arriba y velandolo como si
fuera un muerto y salandolo y que el tuviera que aguan-
tar callado dijo y hasta sonreir porque el maldito
hambre lo obligaba y dio un puñetazo en la mesa y
luego hizo una mueca y se paso una mano por la otra
mano y siguio que los unicos que lo buscaban eran los

garroteros y a esos si no queria encontrarselos pues ya uno lo habia amenazado dijo y lo habia zarandeado como si fuera un trapo y que el habia tenido que soportarlo porque penso que si lo mataba iba a parar a la carcel y nos vio a mi y a julita mendigando y a mariantonieta haciendo algo peor y a mama muerta de vergüenza y hambre dijo y que mas valia que un tranvia lo matara pero que ni para ayudar a eso tenia el ya valor fue lo que dijo y entonces mama le repitio que que iba a hacer que que iba a hacer que que iba a hacer cada vez mas fuerte hasta que las venas del cuello se le pusieron como si por debajo de la piel tuviera una mano que empujaba con los dedos luego le conto que ya habian venido los de la casa aunque solo fue uno solo pero fue eso lo que ella conto y que la demanda la iban a cumplir mañana y entonces papa dijo que lo dejara descansar para pensar un momento y que si ella se iba a poner contra el tambien que le avisara y la mano de mama se fue atras poco a poco y cuando hablo la voz la tenia algo ronca y dijo que estaba bien que estaba bien y que la comida la tenia en el fogon y que no debia estar caliente porque se habia apagado la candela y ella no queria volverla a juntar porque no quedaba mas que una tabla y quedaba por hacer la comida si aparecia algo y entonces papa le pregunto que si ella habia comido y mama respondio que ya pero mariantonieta dice que mentira que no habia comido y entonces dice que habia tomado un buche de cafe y que no tenia ganas de comer mas nada que tenia el estomago lleno y papa dijo que de aire y que viniera a comer que hiciera el favor y la cogio por un brazo que si no el no

comia y mama dijo que no sin soltarse que era muy poco y que a el le hacia mas falta que estaba caminando y
papa dijo que donde comia uno comian dos y que se dejara de boberias y mama se sento en el otro cajon que el
habia puesto junto a la mesa y empezaron a comer y a
mama casi se le aguaron los ojos y hasta beso a papa y
todo y como ya no habia mas nada que oir sali y cogi
mi caballo que estaba tirado en el piso descansando y
sali por el portillo al placer y me subi la saya y me baje
los pantalones y cuando la tierra estuvo bien mojada
puse todo en su lugar y me agache y comence a remo-
ver el fango bien para que las torticas me salieran bien
y no pasara lo que ayer cuando no alcanzo para hacer
un buen cocinado y se desmoronaban en las manos y
pense que que queque hubiera hecho y hice unas cuantas y las puse a secar bien al sol para que estuvieran listas cuando llegaran los demas chiquitos del colegio yo
no iba porque no tenia ropa ni dinero para la merienda
y porque mama tampoco me podia llevar y era muy lejos para ir sola poderlas vender bien por dos botones cada una y regrese a casa porque el aireplano tenia el mo-
tor roto y no pude ir hasta mejico a mi finca en mejico
y volvi en mi entemovil y frene justo en la coqueta con
la defensa rayando el espejo y que lio porque hacia seis
meses que no pagabamos un plazo y mañana venian a
llevarsela junto con los otros muebles y mama estaba
alli aguantando la hoja mientras papa clavaba bien la
bisagra y cuando la puerta estuvo lista papa le dijo a
mama que hiciera el favor de darselo que tenia que irse y mama dijo que no que no que no que no que no
que no y entonces papa le grito que no se pusiera asi

y mama respondio tambien gritando que no que eso traia mala suerte que los viculnos se rompian y que el bien sabia lo que le habia pasado a su hermana y entonces papa le dijo que no fuera tan sanaca y que se dejara de tonterias y que si se iba a poner con superticiones y que no fuera a creer esas papas rusas y que mas mal no podiamos estar y que si su hermana se habia tenido que divorciar no habia sido porque lo empeñara sino porque ella bien sabia con quien la habia cogido tio jorge bueno tio no no tio sino esposo de tiamalia y mama le grito que si el tambien se iba a poner a regar esas calunnias y que parecia mentira que el conocia bien a su hermana ama nadie se ponia de acuerdo con el nombre pues mama decia ama y papa amalita y abuela hija y nosotros tiamalia como para saber que era una santa incapaz del menor acto impuquido asi dijo y que aquello habia sido una confusion lamentable y entonces papa se quedo callado trago algo aunque yo no vi que estuviera comiendo y dijo que estaba bien que estaba bien que no queria volver a empezar a discutir y que le diera el anillo porque ella sabia bien que era el unico ojebto de valor que nos quedaba y que si el suyo estaba alla ya no veia por que no iba a estar el otro que la superticion o la llegada de un mal cierto lo mismo alcanzaba a uno que a otro y que de todas maneras una desgracia mas no se iba a echar de ver y que ademas el le prometia que tan pronto se nivelara seguro que se referia al piso que esta todo escachado lo primero que sacaba del empeño eran los anillos los dos y entonces mama se lo fue a sacar pero no salia y le dijo que viera que el mismo anillo se negaba a irse pero papa le dijo que eso se debia a que las manos hinchadas y maltratadas no eran seguramente las mismas finas manecitas de hace veinte años y desde que se lo puso no se lo habia quitado y que eso salia con jabon y mama fue y metio la mano en el cubo y se enjabono bien el dedo y papa le dijo que no lo gastara todo que era lo unico que quedaba y que nadie se habia bañado todavia y mama saco el anillo del agua espumoso y lo tiro al suelo papa lo recogio y se fue y mama se quedo maldiciendo pero enseguida se callo y dijo que le dolia la cabeza y le pregunto a mariantonieta que si quedaba alguna pastilla y mariantonieta se puso a registrar en la gaveta y dijo que si con la cabeza y le dije a mama porque estaba de espaldas dice que si y mama dijo que la pusiera sobre la mesa tan pronto como acabara de fregar se la iba a tomar y recostarse un rato a ver si se le pasaba y mariantonieta dijo que ella se iba a bañar y mama le dijo que le podia hacer daño acabada de comer y ella respondio que para lo que habia comido y mama se puso a fregar y mariantonieta a recoger agua en el cubo y yo sali corriendo por entre las sabanas y toallas tendidas en medio del patio y a cada sabana le deje un vano prieto al pasarle la mano a ver como estaban las torticas y entonces me acorde que negrita estaba enterrada cerca del basurero hace tanto tiempo que casi se me olvido y fui alla y arranque las yerbitas y arregle la cruz que estaba media caida y me acorde mucho de ella mas que nunca antes como si hubiera muerto mientras arreglaba la cruz y llore y no pude comprender por que se muere la gente precisamente cuando uno mas la quiere y por que hay que morirse y me acorde tambien de como orinaba y levante la pata igual que ella sobre la cruz y me rei y tumbe la cruz y vine corriendo para aca y en el camino cogi un palo y cuando pase junto al gato de la encargada le di un palo en el cocote pero siguio durmiendo como si nada aunque luego yo creo que no siguio durmiendo

cuando volvi mama ya estaba terminando y mariantonieta estaba secandose el pelo al sol y cuando iba a entrar su cuerpo se puso entre mama que salia y el sol en el suelo y mama dijo que que claro estaba el dia sin siquiera mirar al cielo y que se pusiera algo mas debajo y ella contesto que nadie la iba a ver ni nadie iba a venir y que ella no iba a salir y que ademas habia que ahorrar ropa interior y mama dijo que hiciera lo que le diera la gana y se fue a botar la enjabonadura luego lavo el platon de fregar y le dijo que hiciera el favor de secar la loza aunque todos los cacharros eran de lata y que ella se iba a tomar la aspirina y lo hizo y se acosto y mariantonieta se sento junto a la mesa y tambien lo hizo y cuando termino ya mama estaba metiendo ruido con los ronquidos y entonces comprendi por que papa de mañana tenia cara de sueño y ojeras por la mañana y fue cuando el caballo habia regresado solo y aproveche para montarlo aunque papa dijo una vez que las niñas no debian montar a caballo y volvi a ir a buscar las tortas y las traje porque ya estaban y me pare en la puerta y me puse a pregonar y entonces vi como salia del cuarto y venia para aca pero antes de llegar se paro en la puerta del cuarto de moises y le pregunte mi hermanita donde vas pero ella no me respondio y yo volvi donde vas mi hermana donde vas y ella me dijo que siguiera vendiendo que se me iban a ir los clientes y casi vi una sonrisa en su cara triste y seria y entonces cuando yo volvi a preguntar el abrio y ella le dijo algo y debia tener mucho calor por que se desabotono la blusa y yo me puse mas cerca y debia haber alguna lamina en su pecho porque el no dejaba de mirar aunque a veces si dejaba y miraba a todos lados pero no como miraba a mi hermana yo no se como ella se atrevia a estar alli pues bien sabia lo que habia dicho mama que no nos arrimaramos al cuarto de ese cochino polaco porque ella lo habia sorprendido mirando por el tragalaluz del baño mientras mariantonieta se bañaba y que ella le habia gritado que se bajara y que el no se habia bajado y que ella lo habia amezado con darle un palo o llamar al guardia y que el se habia aprivechado de que sabia que pepe papa no estaba en casa y le dijo que se bajaba si le daba la gana y que no lo apurara y antes de bajarse le dijo algo a mariantonieta que mama no pudo oir y que ella no quiso decir que era cuando salio y no le dijo nada a papa para no buscarle problemas porque sabia el genio que tenia pepe y que iba a haber una tragedia y yo no se como ella se atrevia y ahora debia tener algun bicho entre los senos porque el seguia mirando como si quisiese poner los ojos donde la mano ahora quiza para matar el bicho pero ella no queria matarlo y le quito la mano y le dijo que adentro y parece que el queria hacerle algun regalo porque le pregunto que cuando cumplia los dieciseis y ella dijo que el mes que viene y el dijo que estaba bien que entonces no habia problema y que entrara y mama dijo un dia que no entraramos ahi nunca asi nos ofreciera el un mundo colorado y cuando yo le pregunte que por que ella me dijo que porque el era un hombre asqueroso que hacia cosas asquerosas y cuando le pregunte como era un mundo colorado me mando bien lejos pero yo creo que ella se refirio a que no limpiaba el cuarto y no tendia las camas y que habia mucho polvo y suciedad sobre todo porque mi hermana cuando entro hizo una mueca como cuando le dan a uno un purgante y yo vi que fue hasta la cama y comenzo a quitar las sabanas y ahora sabia que sieguro que el la habia llamado para que le hiciera la limpieza y que eso fue lo que le dijo antes de bajarse del tragalaluz y entonces el cerro la puerta y yo fui porque vi que estaba abierta hasta la ventana y me agache por debajo de la cortina para mirar no fuera ser que a mariantonieta le hiciera mucho daño el polvo y la vi pero ella dibio haber trabajado mucho mientras el cerro la puerta y yo fui hasta la ventana y debia sentirse muy cansada porque se habia acostado en la cama habia mucho calor alli dentro entre las cajas grandes apiladas y las pilas de trastos viejos amontonados y los montones de telas y de cosas y de y de porque aunque no faltaba mucho para nochebuena ella comenzo a quitarse toda la blusa y cuando acabo seguia quitandose cosas pero entonces la cara de moises se asomo por debajo de la cortina y me dijo que fuera una niña buena y una niña linda y me fuera a jugar y metio la mano en el bolsillo y la extendio por entre los barrotes y me dijo que cogiera ese kilo y que fuera a vender la mercancia y yo le pregunte que que cosa iba a hacer mi hermana y el cambio la cara como el cobrador y me dijo un negocio juntos un negocio y que cuando saldria le pregunte y me respondio que orita y que cogiera el kilo entonces fue que me acorde que me acorde que el tenia el kilo en la mano y me dijo que le dijera a mama que me diera un rato de tenmealla y cogi el kilo que estaba embarrado de sudor y el entro la mano y yo me levante y el cerro la ventana y yo sali corriendo y apretaba el kilo y corria repitiendo un rato de tenmealla para que no se me olvidara y entonces cuando llegue mama estaba todavia dormida y la desperte y le dije que decia que decia que me diera un rato de tenmealla y ella se levanto con la cara marcada por el alambre y los ojos hinchados y me tomo en los brazos y me apreto contra su cara y la senti fria y rugosa como si hubiese sido el propio alambre del bastidor y me pregunto que quien lo decia y yo le dije que el dulcero y me dijo con una voz agradable y suave casi sin mover los labios que por el amor de dios dejara a la gente trabajar en paz que ese hombre se estaba ganando la vida en su negocio y por poco le pregunto que como lo habia adivinado porque estaba hablando casi en el mismo tono que moises aunque las caras no se parecian y me dijo como el que me fuera a vender mi mercancia tranquilamente y no supe como ella supo que yo estaba vendiendo y volvi a mis tortas y segui pregonando mientras en el cuarto cerrado los ruidos de la limpieza apenas llegaban a mis oidos y parece que mi hermana se habia dado un golpe porque a menudo gemia y entonces fue que llego papa igual que la otra vez y me dijo que recogiera las cosas y entrara al cuarto porque alli no debia seguir pues en el solar vivian gentes sinvergüenzas y me dijo que recordara siempre que a la pobreza y la miseria siempre sigue la desonra y aunque no comprendi mucho lo que dijo si entendi como lo dijo y recogi el tablero con la mercancia y entre con el y ya mama estaba en pie cosiendo una bata toda llena de remiendos y le pregunto a papa que que hubo y papa dijo no le dijo negra o mi vida como siempre sino julia que solo le habian dado unoquince y mama dijo que si por esa y repitio la mala palabra que siempre decia habia empeñado el ultimo lazo que la ataba a el que bien la podia meter a y dijo otra mala palabra mas mala y cobrar cincuenta centavos por cada uno que consiguiera y papa le grito que no fuera tan animal y que se fijara ante quien hablaba esas cosas y a mama se le volvio a ver la mano bajo la piel del pescuezo y papa siguio gritando cosas y le dijo que bien podia ella haber hecho otra cosa que no fuera parir hembras que no eran mas que rompederos de cabeza y apenas podian ayudar mientras no tenian quince y que a esa edad se iban con cualquier desarrapado y no se ocupaban de quienes las habian traido al mundo y mama le dijo que la culpa la tuvo el que era quien las habia hecho y el le grito que no le faltara el respeto delante de las niñas aunque yo era la unica que puede oir en ese momento y como si hubiese leido lo que yo pensaba se lo dijo asi a papa mama y le dice tambien que esa es una manera facil de salir del paso y la bronca sigue y yo me asomo al oir que una puerta se abre y como pense era la de moises y salgo y corro al tiempo que ella sale y parece que el polvo le ha hecho daño porque cuando sale tiene los ojos inritados y escupia a menudo y fue a la pila y se lavo la cara y la boca varias veces y me dio un niquel y me dijo que fuera y trajera alcol sin que se enterara mama y cuando se agacho a coger el pedacito de jabon que vio en el fondo de la pila se le cayo un rollito de billetes del seno y yo lo vi y se lo dije yo vi el rollito yo lo vi vi el rollito de billetes yo lo vi y empece a saltar cantando yo lo vi yo lo vi yo lo vi el rollito el rollito rollito y parece que no le gusto porque grito con los dientes apretados que me callara la boca y yo le pregunte que de donde lo habia sacado y que si era que moises le habia pagado por limpiarle y tambien le pregunte te lo regalo mi hermanita te lo regalo te lo regalo y ella me dijo que no que acababa de vender algo que nunca recobraria y yo la interrumpi y le dije que el que y ella siguio como si no hubiera oido pero que es necesario pues habia que evitar el desasio dijo o algo parecido y que si ese habia sido el precio que que se iba a hacer y que ahora sabia donde encontrar la plata a fin de mes y que quizas si hasta pudiera comprarnos alguna ropa y comprarse ella tambien dijo y acabo de lavarse y parece que el jabon le cayo en los ojos o le duele alguna tripa porque fue al ultimo servicio en el fondo y estuvo llorando y cuando yo abri la puerta y entre y le pregunte que que pasaba me boto y me dijo que me fuera a jugar y que la dejara tranquila que no tenia ganas de ver a nadie ahora ni nunca mas si fuera posible y le pregunte que si le habia hecho algo malo o dicho algo que no estaba bien y me dijo que no y me dijo ·mi vida y mi amor por primera vez hacia tiempo y me beso varias veces como hacia tiempo que no lo hacia y ese fue el dia mas feliz para mi porque casi nadie me regaño y todo el mundo me beso y acaricio y hasta me regalaron un kilo y le pregunte que si nos ibamos y me dijo que ya no que ya no y ya no teniamos que volver al campo como dijo papa a comer lo que sembraramos si nos dejaban sembrar y comer aunque fuera en los rejendones de la sierra o donde el jejen parece que se rie puso el huevo y me acorde del kilo porque me pico el oido porque me acorde de los mosquitos porque cuando me fui a rascar lo encontre aunque creia que estaba perdido y lo cogi y entonces me fui a enterrarlo para que me diera una mata y poder comprar chambelonas y globos sin tener que revolver los basureros en busca de botellas y mientras corro con el kilo en la bota canto

En *Así en la paz como en la guerra* (1960).

Tomado de: *Así en la paz como en la guerra.*

Alfaguara bolsillo, Madrid, 1997.

Reunión

Julio Cortázar

*Recordé un viejo cuento de Jack London, donde el
protagonista, apoyado en un tronco de árbol, se dispone
a acabar con dignidad su vida.*

ERNESTO "CHE" GUEVARA,
EN *LA SIERRA Y EL LLANO*, LA HABANA, 1961.

Nada podía andar peor, pero al menos ya no estábamos en la maldita lancha, entre vómitos y golpes de mar y pedazos de galleta mojada, entre ametralladoras y babas, hechos un asco, consolándonos cuando podíamos con el poco tabaco que se conservaba seco porque Luis (que no se llamaba Luis, pero habíamos jurado no acordarnos de nuestros nombres hasta que llegara el día) había tenido la buena idea de meterlo en una caja de lata que abríamos con más cuidado que si estuviera llena de escorpiones. Pero qué tabaco ni tragos de ron en esa condenada lancha, bamboleándose cinco días como una tortuga borracha, haciéndole frente a un norte que la cacheteaba sin lástima, y ola va y ola viene, los baldes despellejándonos las manos, yo con un asma del demonio y medio mundo enfermo, doblándose para vomitar como si fueran a partirse por la mitad. Hasta Luis, la segunda noche, una bilis verde que le sacó las ganas de reírse, entre eso y el norte que no nos dejaba ver el faro de Cabo Cruz, un desastre que nadie se había imaginado; y llamarle a eso una expedición de desembarco era como para seguir vomitando pero de pura tristeza. En fin, cualquier cosa con tal de dejar atrás la lancha, cualquier cosa aunque fuera lo que nos esperaba en tierra –pero sabíamos que nos estaba esperando y por eso no importaba tanto–, el tiempo que se compone justamente en el peor momento y zas la avioneta de reconocimiento, nada que hacerle, a vadear la ciénaga o lo que fuera con el agua hasta las costillas buscando el abrigo de los sucios pastizales de los mangles y yo como un idiota con mi pulverizador de adrenalina para poder seguir adelante, con Roberto que me llevaba el Springfield para ayudarme a vadear mejor la ciénaga (si era una ciénaga, porque a muchos ya se nos había ocurrido que a lo mejor habíamos errado el rumbo y que en vez de tierra firme habíamos hecho la estupidez de largarnos en algún cayo fangoso dentro del mar, a veinte millas de la isla...); y todo así, mal pensado y peor dicho, en una continua confusión de actos y nociones, una mezcla de alegría inexplicable y de rabia contra la maldita vida que nos estaban dando los aviones y lo que nos esperaba del lado de la carretera si llegábamos alguna vez, si estábamos en una ciénaga de la costa y no dando vueltas como alelados en un circo de barro y de total fracaso para diversión del babuino en su Palacio.

Ya nadie se acuerda cuánto duró, el tiempo lo medíamos por los claros entre los pastizales, los tramos donde podían ametrallarnos en picada, el alarido que escuché a mi izquierda, lejos, y creo fue de Roque (a él le puedo dar su nombre, a su pobre esqueleto entre las lianas y los sapos), porque de los planes ya no quedaba más que la meta final, llegar a la Sierra y reunirnos con Luis si también él conseguía llegar; el resto se había hecho trizas con el norte, el desembarco improvisado, los pantanos. Pero seamos justos: algo se cumplía sincronizadamente, el ataque de los aviones enemigos. Había sido previsto y provocado: no falló. Y por eso, aunque todavía me doliera en la cara el aullido de Roque, mi maligna manera de entender el mundo me ayudaba a reírme por lo bajo (y me ahogaba todavía más, y Roberto me llevaba el Springfield para que yo pudiese inhalar adrenalina con la nariz casi al borde del agua tragando más barro que otra cosa), porque si los aviones estaban ahí entonces no podía ser que hubiéramos equivocado la playa, a lo sumo nos habíamos desviado algunas millas, pero la carretera estaría detrás de los pastizales, y después el llano abierto y en el norte las primeras colinas. Tenía su gracia que el enemigo nos estuviera certificando desde el aire la bondad del desembarco.

Duró vaya a saber cuánto, y después fue de noche y éramos seis debajo de unos flacos árboles, por primera vez en terreno casi seco, mascando tabaco húmedo y unas pobres galletas. De Luis, de Pablo, de Lucas, ninguna noticia; desperdigados, probablemente muertos, en todo caso tan perdidos y mojados como nosotros. Pero me gustaba sentir cómo con el fin de esa jornada de batracio se me empezaban a ordenar las ideas, y cómo la muerte, más probable que nunca, no sería ya un balazo al azar en plena ciénaga, sino una operación dialéctica en seco, perfectamente orquestada por las partes en juego. El ejército debía controlar la carretera, cercando los pantanos a la espera de que apareciéramos de a dos o de a tres, liquidados por el barro y las alimañas y el hambre. Ahora todo se veía clarísimo, tenía otra vez los puntos cardinales en el bolsillo, me hacía reír sentirme tan vivo y tan despierto al borde del epílogo. Nada podía resultarme más gracioso que hacer rabiar a Roberto recitándole al oído unos versos del Viejo Pancho que le parecían abominables. "Si por lo menos nos pudiéramos sacar el barro", se quejaba el Teniente. "O fumar de verdad" (alguien, más a la izquierda, ya no sé quién, alguien que se perdió al alba). Organización de la agonía: centinelas, dormir por turnos, mascar tabaco, chupar galletas infladas como esponjas. Nadie mencionaba a Luis, el temor de que lo hubieran matado era el único enemigo real, porque su confirmación nos anularía mucho más que el acoso, la falta de armas o las llagas en los pies. Sé que dormí un rato mientras Roberto velaba, pero antes estuve pensando que todo lo que habíamos hecho en esos días era demasiado insensato para admitirse así de golpe la posibilidad de que hubieran matado a Luis. De alguna manera la insensatez tendría que continuar hasta el final, que quizá fuera la victoria, y en ese juego absurdo donde se había llegado hasta el escándalo de prevenir al enemigo que desembarcaríamos, no entraba la posibilidad de perder a Luis. Creo que también pensé que si triunfábamos, que si conseguíamos reunirnos otra vez con Luis, sólo entonces empezaría el juego en serio, el rescate de tanto romanticismo necesario y desenfrenado y peligroso. Antes de dormirme tuve como una visión: Luis junto a un árbol, rodeado por todos nosotros, se llevaba lentamente la mano a la cara y se la quitaba como si fuese una máscara. Con la cara en la mano se acercaba a su hermano Pablo, a mí, al Teniente, a Roque, pidiéndonos con un gesto que la aceptáramos, que nos la pusiéramos. Pero todos se iban negando uno a uno, y yo también me negué, sonriendo hasta las lágrimas, y entonces Luis volvió a ponerse la cara y le vi un cansancio infinito mientras se encogía de hombros y sacaba un cigarro del bolsillo de la guayabera. Profesionalmente hablando, una alucinación de la duermevela y la fiebre, fácilmente interpretable. Pero si realmente habían matado a Luis durante el desembarco, ¿quién subiría ahora a la Sierra con su cara? Todos trataríamos de subir pero nadie con la cara de Luis, nadie que pudiera o quisiera asumir la cara de Luis. "Los diadocos", pensé ya entredormido. "Pero todo se fue al diablo con los diadocos, es sabido".

Aunque esto que cuento pasó hace rato, quedan pedazos y momentos tan recortados en la memoria que sólo se pueden decir en presente, como estar tirado otra vez boca arriba en el pastizal, junto al árbol que nos protege del cielo abierto. Es la tercera noche, pero al amanecer de ese día franqueamos la carretera a pesar de los jeep y la metralla. Ahora hay que esperar otro amanecer porque nos han matado al baqueano y seguimos perdidos, habrá que dar con algún paisano que nos lleve a donde se pueda comprar algo de comer, y cuando digo comprar casi me da risa y me ahogo de nuevo, pero en eso como en lo demás a nadie se le ocurriría desobedecer a Luis, y la comida hay que pagarla y explicarle antes a la gente quiénes somos y por qué andamos en lo que andamos. La cara de Roberto en la choza abandonada de la loma, dejando cinco pesos debajo de un plato a cambio de la poca cosa que encontramos y que sabía a cielo, a comida en el Ritz si es que ahí se come bien. Tengo tanta fiebre que se me va pasando el asma, no hay mal que por bien no venga, pero pienso de nuevo en la cara de Roberto dejando los cinco pesos en la choza vacía, y me da un tal ataque de risa que vuelvo a ahogarme y me maldigo. Habría que dormir, Tinti monta la guardia, los muchachos descansan unos contra otros, yo me he ido un poco más lejos porque tengo la impresión de que los fastidio con la tos y los silbidos del pecho, y además hago una cosa que no debería hacer, y es que dos o tres veces en la noche fabrico una pantalla de hojas y meto la cara por debajo y enciendo despacito el cigarro para reconciliarme un poco con la vida.

En el fondo lo único bueno del día ha sido no tener noticias de Luis, el resto es un desastre, de los ochenta nos han matado por lo menos a cincuenta o sesenta; Javier cayó entre los primeros, el Peruano perdió un ojo y agonizó tres horas sin que yo pudiera hacer nada, ni siquiera rematarlo cuando los otros no miraban. Todo el día temimos que algún enlace (hubo tres con un riesgo increíble, en las mismas narices del ejército) nos trajera la noticia de la muerte de Luis. Al final es mejor no saber nada, imaginarlo vivo, poder esperar todavía. Fríamente peso las posibilidades y concluyo que lo han matado, todos sabemos cómo es, de qué manera el gran condenado es capaz de salir al descubierto con una pistola en la mano, y el que venga atrás que arree. No, pero López lo habrá cuidado, no hay como él para engañarlo a veces, casi como a un chico, convencerlo de que tiene que hacer lo contrario de lo que le da la gana en ese momento. Pero y si López... Inútil quemarse la sangre, no hay elementos para la menor hipótesis, y además es rara esta calma, este bienestar boca arriba como si todo estuviera bien así, como si todo se estuviera cumpliendo (casi pensé: "consumando", hubiera sido idiota) de conformidad con los planes. Será la fiebre o el cansancio, será que nos van a liquidar a todos como a sapos antes de que salga el sol. Pero ahora vale la pena aprovechar de este respiro absurdo, dejarse ir mirando el dibujo que hacen las ramas del árbol contra el cielo más claro, con algunas estrellas, siguiendo con ojos entornados ese dibujo casual de las ramas y las hojas, esos ritmos que se encuentran, se cabalgan y se separan, y a veces cambian suavemente cuando una bocanada de aire hirviendo pasa por encima de las copas, viniendo de las ciénagas. Pienso en mi hijo pero está lejos, a miles de kilómetros, en un país donde todavía se duerme en la cama, y su imagen me parece irreal, se me adelgaza y pierde entre las hojas del árbol, y en cambio me hace tanto bien recordar un tema de Mozart que me ha acompañado desde siempre, el movimiento inicial del cuarteto *La caza*, la evocación del alalí en la mansa voz de los violines, esa transposición de una ceremonia salvaje a un claro goce pensativo. Lo pienso, lo repito, lo canturreo en la memoria, y siento al mismo tiempo cómo la melodía y el dibujo de la copa del árbol contra el cielo se van acercando, traban amistad, se tantean una y otra vez hasta que el dibujo se ordena de pronto en la presencia visible de la melodía, un ritmo que sale de una rama baja, casi a la altura de mi cabeza, remonta hasta cierta altura y se abre como un abanico de tallos, mientras el segundo violín es esa rama más delgada que se yuxtapone para confundir sus hojas en un punto situado a la derecha, hacia el final de la frase, y dejarla terminar para que el ojo descienda por el tronco y pueda, si quiere, repetir la melodía. Y todo eso es también nuestra rebelión, es lo que estamos haciendo aunque Mozart y el árbol no puedan saberlo, también nosotros a nuestra manera hemos querido trasponer una torpe guerra a un orden que le dé sentido, la justifique y en último término la lleve a una victoria que sea como la restitución de una melodía después de tantos años de roncos cuernos de caza, que sea ese allegro final que sucede al adagio como un encuentro con la luz. Lo que se divertiría Luis si supiera que en este momento lo estoy comparando con Mozart, viéndolo ordenar poco a poco esta insensatez, alzarla hasta su razón primordial que aniquila con su evidencia y su desmesura todas las prudentes razones temporales. Pero qué amarga, qué desesperada tarea la de ser un músico de hombres, por encima del barro y la metralla y el desaliento urdir ese canto que creíamos imposible, el canto que trabará amistad con la copa de los árboles, con la tierra devuelta a sus hijos. Sí, es la fiebre. Y cómo se reiría Luis aunque también a él le guste Mozart, me consta.

Y así al final me quedaré dormido, pero antes alcanzaré a preguntarme si algún día sabremos pasar del movimiento donde todavía suena el alalí del cazador, a la conquistada plenitud del adagio y de ahí al allegro final que me canturreo con un hilo de voz, si seremos capaces de alcanzar la reconciliación con todo lo que haya quedado vivo frente a nosotros. Tendríamos que ser como Luis, no ya seguirlo sino ser como él, dejar atrás inapelablemente el odio y la venganza, mirar al enemigo como lo mira Luis, con una implacable magnanimidad que tantas veces ha suscitado en mi memoria (pero esto, ¿cómo decírselo a nadie?) una imagen de pantocrátor, un juez que empieza por ser el acusado y el testigo y que no juzga, que simplemente separa las tierras de las aguas para que al fin, alguna vez, nazca una patria de hombres en un amanecer tembloroso, a orillas de un tiempo más limpio.

Pero otra que adagio, si con la primera luz se nos vinieron encima por todas partes, y hubo que renunciar a seguir hacia el noreste y meterse en una zona mal conocida, gastando las últimas municiones mientras el Teniente con un compañero se hacía fuerte en una loma y desde ahí les paraba un rato las patas, dándonos tiempo a Roberto y a mí para llevarnos a Tinti herido en un muslo y buscar otra altura más protegida donde resistir hasta la noche. De noche ellos no atacaban nunca, aunque tuvieran bengalas y equipos eléctricos, les entraba como un pavor de sentirse menos protegidos por el número y el derroche de armas; pero para la noche faltaba casi todo el día, y éramos apenas cinco contra esos muchachos tan valientes que nos hostigaban para quedar bien con el babuino, sin contar los aviones que a cada rato picaban en los claros del monte y estropeaban cantidad de palmas con sus ráfagas.

A la media hora el Teniente cesó el fuego y pudo reunirse con nosotros, que apenas adelantábamos camino. Como nadie pensaba en abandonar a Tinti, porque conocíamos de sobra el destino de los prisioneros, pensamos que ahí, en esa ladera y en esos matorrales íbamos a quemar los últimos cartuchos. Fue divertido descubrir que los regulares atacaban en cambio una loma bastante más al este, engañados por un error de la aviación, y ahí nomás nos largamos cerro arriba por un sendero infernal, hasta llegar en dos horas a una loma casi pelada donde un compañero tuvo el ojo de descubrir una cueva tapada por las hierbas, y nos plantamos resollando después de calcular una posible retirada directamente hacia el norte, de peñasco en peñasco, peligrosa, pero hacia el norte, hacia la Sierra donde a lo mejor ya habría llegado Luis.

Mientras yo curaba a Tinti desmayado, el Teniente me dijo que poco antes del ataque de los regulares al amanecer había oído un fuego de armas automáticas y de pistolas hacia el poniente. Podía ser Pablo con sus muchachos, o a lo mejor el mismo Luis. Teníamos la razonable convicción de que los sobrevivientes estábamos divididos en tres grupos, y quizá el de Pablo no anduviera tan lejos. El Teniente me preguntó si no valdría la pena intentar un enlace al caer la noche.

—Si vos me preguntás eso es porque te estás ofreciendo para ir —le dije. Habíamos acostado a Tinti en una cama de hierbas secas, en la parte más fresca de la cueva, y fumábamos descansando. Los otros dos compañeros montaban guardia afuera.

—Te figuras —dijo el Teniente, mirándome divertido—. A mí estos paseos me encantan, chico.

Así seguimos un rato, cambiando bromas con Tinti que empezaba a delirar, y cuando el Teniente estaba por irse entró Roberto con un serrano y un cuarto de chivito asado. No lo podíamos creer, comimos como quien se come a un fantasma, hasta Tinti mordisqueó un pedazo que se le fue a las dos horas junto con la vida. El serrano nos traía la noticia de la muerte de Luis; no dejamos de comer por eso, pero era mucha sal para tan poca carne, él no lo había visto aunque su hijo mayor, que también se nos había pegado con una vieja escopeta de caza, formaba parte del grupo que había ayudado a Luis y a cinco compañeros a vadear un río bajo la metralla, y estaba seguro de que Luis había sido herido casi al salir del agua y antes de que pudiera ganar las primeras matas. Los serranos habían trepado al monte que conocían como nadie, y con ellos dos hombres del grupo de Luis, que llegarían por la noche con las armas sobrantes y un poco de parque.

El Teniente encendió otro cigarro y salió a organizar el campamento y a conocer mejor a los nuevos; yo me quedé al lado de Tinti que se derrumbaba lentamente, casi sin dolor. Es decir que Luis había muerto, que el chivito estaba para chuparse los dedos, que esa noche seríamos nueve o diez hombres y que tendríamos municiones para seguir peleando. Vaya novedades. Era como una especie de locura fría que por un lado reforzaba al presente con hombres y alimentos, pero todo eso para borrar de un manotazo el futuro, la razón de esa insensatez que acababa de culminar con una noticia y un gusto a chivito asado. En la oscuridad de la cueva, haciendo durar largo mi cigarro, sentí que en ese momento no podía permitirme el lujo de aceptar la muerte de Luis, que solamente podía manejarla como un dato más dentro del plan de campaña, porque si también Pablo había muerto el jefe era yo por voluntad de Luis, y eso lo sabían el Teniente y todos los compañeros, y no se podía hacer otra cosa que tomar el mando y llegar a la Sierra y seguir adelante como si no hubiera pasado nada. Creo que cerré los ojos, y el recuerdo de mi visión fue otra vez la visión misma, y por un segundo me pareció que Luis se separaba de su cara y me la tendía, y yo defendí mi cara con las dos manos diciendo: "No, no, por favor no, Luis", y cuando abrí los ojos el Teniente estaba de vuelta mirando a Tinti que respiraba resollando, y le oí decir que acababan de agregársenos dos muchachos del monte, una buena noticia tras otra, parque y boniatos fritos, un botiquín, los regulares perdidos en las colinas del este, un manantial estupendo a cincuenta metros. Pero no me miraba en los ojos, mascaba el cigarro y parecía esperar que yo dijera algo, que fuera yo el primero en volver a mencionar a Luis.

Después hay como un hueco confuso, la sangre se fue de Tinti y él de nosotros, los serranos se ofrecieron para enterrarlo, yo me quedé en la cueva descansando aunque olía a vómito y a sudor frío, y curiosamente me dio por pensar en mi mejor amigo de otros tiempos, de antes de esa cesura en mi vida que me había arrancado a mi país para lanzarme a miles de kilómetros, a Luis, al desembarco en la isla, a esa cueva. Calculando la diferencia de hora imaginé que en ese momento, miércoles, estaría llegando a su consultorio, colgando el sombrero en la percha, echando una ojeada al correo. No era una alucinación, me bastaba pensar en esos años en que habíamos vivido tan cerca uno de otro en la ciudad, compartiendo la política, las mujeres y los libros, encontrándonos diariamente en el hospital; cada uno de sus gestos me era tan familiar, y esos gestos no eran solamente los suyos sino que abarcan todo mi mundo de entonces, a mí mismo, a mi mujer, a mi padre, abarcaban mi periódico con sus editoriales inflados, mi café a mediodía con los médicos de guardia, mis lecturas y mis películas y mis ideales. Me pregunté qué estaría pensando mi amigo de todo esto, de Luis o de mí, y fue como si viera dibujarse la respuesta en su cara (pero entonces era la fiebre, habría que tomar quinina), una cara pagada de sí misma, empastada por la buena vida y las buenas ediciones y la eficacia del bisturí acreditado. Ni siquiera hacía falta que abriera la boca para decirme yo pienso que tu revolución no es más que... No era en absoluto necesario, tenía que ser así, esas gentes no podían aceptar una mutación que ponía en descubierto las verdaderas razones de su misericordia fácil y a horario, de su caridad reglamentada y a escote, de su bonhomía entre iguales, de su antirracismo de salón pero cómo la nena se va a casar con ese mulato, che, de su catolicismo con dividendo anual y efemérides en las plazas embanderadas, de su literatura de tapioca, de su folklorismo en ejemplares numerados y mate con virola de plata, de sus reuniones de cancilleres genuflexos, de su estúpida agonía inevitable a corto o largo plazo (quinina, quinina, y de nuevo el asma). Pobre amigo, me daba lástima imaginarlo defendiendo como un idiota precisamente los falsos valores que iban a acabar con él o en el mejor de los casos con sus hijos; defendiendo el derecho feudal a la propiedad y a la riqueza ilimitadas, él que no tenía más que su consultorio y una casa bien puesta, defendiendo los principios de la Iglesia cuando el catolicismo burgués de su mujer no había servido más que para obligarlo a buscar consuelo en las amantes, defendiendo una supuesta libertad individual cuando la policía cerraba las universidades y censuraba las publicaciones, y defendiendo por miedo, por el horror al cambio, por el escepticismo y la desconfianza que eran los únicos dioses vivos en su pobre país perdido. Y en eso estaba cuando entró el Teniente a la carrera y me gritó que Luis vivía, que acababan de cerrar un enlace con el norte, que Luis estaba más vivo que la madre de la chingada, que había llegado a lo alto de la Sierra con cincuenta guajiros y todas las armas que les habían sacado a un batallón de regulares copado en una hondonada, y nos abrazamos como idiotas y dijimos esas cosas que después, por largo rato, dan rabia y vergüenza y perfume, porque eso y comer chivito asado y echar para adelante era lo único que tenía sentido, lo único que contaba y crecía mientras no nos animábamos a mirarnos en los ojos y encendíamos cigarros con el mismo tizón, con los ojos clavados atentamente en el tizón y secándonos las lágrimas que el humo nos arrancaba de acuerdo con sus conocidas propiedades lacrimógenas.

Ya no hay mucho que contar, al amanecer uno de nuestros serranos llevó al Teniente y a Roberto hasta donde estaban Pablo y tres compañeros, y el Teniente subió a Pablo en brazos porque tenía los pies destrozados por las ciénagas. Ya éramos veinte, me acuerdo de Pablo abrazándome con su manera rápida y expeditiva, y diciéndome sin sacarse el cigarrillo de la boca: "Si Luis está vivo, todavía podemos vencer", y yo vendándole los pies que era una belleza, y los muchachos tomándole el pelo porque parecía que estrenaba zapatos blancos y diciéndole que su hermano lo iba a regañar por ese lujo intempestivo. "Que me regañe", bromeaba Pablo fumando como un loco, "para regañar a alguien hay que estar vivo, compañero, y ya oíste que está vivo, vivito, está más vivo que un caimán, y vamos arriba ya mismo, mira que me has puesto vendas, vaya lujo...". Pero no podía durar, con el sol vino el plomo de arriba y abajo, ahí me tocó un balazo en la oreja que si acierta dos centímetros más cerca, vos, hijo, que a lo mejor leés todo esto, te quedás sin saber en las que anduvo tu viejo. Con la sangre y el dolor y el susto las cosas se me pusieron estereoscópicas, cada imagen seca y en relieve, con unos colores que debían ser mis ganas de vivir y además no me pasaba nada, un pañuelo bien atado y a seguir subiendo; pero atrás se quedaron dos serranos, y el segundo de Pablo con la cara hecha un embudo por una bala cuarenta y cinco. En esos momentos hay tonterías que se fijan para siempre; me acuerdo de un gordo, creo que también del grupo de

Pablo, que en lo peor de la pelea quería refugiarse detrás de una caña, se ponía de perfil, se arrodillaba detrás de la caña, y sobre todo me acuerdo de ése que se puso a gritar que había que rendirse, y de la voz que le contestó entre dos ráfagas de Thompson, la voz del Teniente, un bramido por encima de los tiros, un: "¡Aquí no se rinde nadie, carajo!", hasta que el más chico de los serranos, tan callado y tímido hasta entonces, me avisó que había una senda a cien metros de ahí, torciendo hacia arriba y a la izquierda, y yo se lo grité al Teniente y me puse a hacer punta con los serranos siguiéndome y tirando como demonios, en pleno bautismo de fuego y saboreándolo que era un gusto verlos, y al final nos fuimos juntando al pie de la selva donde nacía el sendero y el serranito trepó y nosotros atrás, yo con un asma que no me dejaba andar y el pescuezo con más sangre que un chancho degollado, pero seguro de que también ese día íbamos a escapar y no sé por qué, pero era evidente como un teorema que esa misma noche nos reuniríamos con Luis.

Uno nunca se explica cómo deja atrás a sus perseguidores, poco a poco ralea el fuego, hay las consabidas maldiciones y "cobardes, se rajan en vez de pelear", entonces de golpe es el silencio, los árboles que vuelven a aparecer como cosas vivas y amigas, los accidentes del terreno, los heridos que hay que cuidar, la cantimplora de agua con un poco de ron que corre de boca en boca, los suspiros, alguna queja, el descanso y el cigarro, seguir adelante, trepar siempre aunque se me salgan los pulmones por las orejas, y Pablo diciéndome oye, me los hiciste del cuarenta y dos y yo calzo del cuarenta y tres, compadre, y la risa, lo alto de la loma, el ranchito donde un paisano tenía un poco de yuca con mojo y agua muy fresca, y Roberto, tesonero y concienzudo, sacando sus cuatro pesos para pagar el gasto y todo el mundo, empezando por el paisano, riéndose hasta herniarse, y el mediodía invitando a esa siesta que había que rechazar como si dejáramos irse a una muchacha preciosa mirándole las piernas hasta lo último.

Al caer la noche el sendero se empinó y se puso más que difícil, pero nos relamíamos pensando en la posición que había elegido Luis para esperarnos, por ahí no iba a subir ni un gramo. "Vamos a estar como en la iglesia", decía Pablo a mi lado, "hasta tenemos el armonio", y me miraba zumbón mientras yo jadeaba una especie de pasacaglia que solamente a él le hacía gracia. No me acuerdo muy bien de esas horas, anochecía cuando llegamos al último centinela y pasamos uno tras otro, dándonos a conocer y respondiendo por los serranos, hasta salir por fin al claro entre los árboles donde estaba Luis apoyado en un tronco, naturalmente con su gorra de interminable visera y el cigarro en la boca. Me costó el alma quedarme atrás, dejarlo a Pablo que corriera y se abrazara con su hermano, y entonces esperé que el Teniente y los otros fueran también y lo abrazaran, y después puse en el suelo el botiquín y el Springfield y con las manos en los bolsillos me acerqué y me quedé mirándolo, sabiendo lo que iba a decirme, la broma de siempre:

—Mira que usar esos anteojos —dijo Luis.

—Y vos esos espejuelos —le contesté, y nos doblamos de risa, y su quijada contra mi cara me hizo doler el balazo como el demonio, pero era un dolor que yo hubiera querido prolongar más allá de la vida.

—Así que llegaste, che —dijo Luis.

Naturalmente, decía "che" muy mal.

—¿Qué tú crees? —le contesté igualmente mal. Y volvimos a doblarnos como idiotas, y medio mundo se reía sin saber por qué. Trajeron agua y las noticias, hicimos la rueda mirando a Luis, y sólo entonces nos dimos cuenta de cómo había enflaquecido y cómo le brillaban los ojos detrás de los jodidos espejuelos.

Más abajo volvían a pelear, pero el campamento estaba momentáneamente a cubierto. Se pudo curar a los heridos, bañarse en el manantial, dormir, sobre todo dormir, hasta Pablo que tanto quería hablar con su hermano. Pero como el asma es mi amante y me ha enseñado a aprovechar la noche, me quedé con Luis apoyado en el tronco de un árbol, fumando y mirando los dibujos de las hojas contra el cielo, y nos contamos de a ratos lo que nos había pasado desde el desembarco, pero sobre todo hablamos del futuro, de lo que iba a empezar cuando llegara el día en que tuviéramos que pasar del fusil al despacho con teléfonos, de la sierra a la ciudad, y yo me acordé de los cuernos de caza y estuve a punto de decirle a Luis lo que había pensado aquella noche, nada más que para hacerlo reír. Al final no le dije nada, pero sentía que estábamos entrando en el adagio del cuarteto, en una precaria plenitud de pocas horas que sin embargo era una certidumbre, un signo que no olvidaríamos. Cuántos cuernos de caza esperaban todavía, cuántos de nosotros dejaríamos los huesos como Roque, como Tinti, como el Peruano. Pero bastaba mirar la copa del árbol para sentir que la voluntad ordenaba otra vez su caos, le imponía el dibujo del adagio que alguna vez ingresaría en el allegro final, accedería a una realidad digna de ese nombre. Y mientras Luis me iba poniendo al tanto de las noticias internacionales y de lo que pasaba en la capital y en las provincias, yo veía cómo las hojas y las ramas se plegaban poco a poco a mi deseo, eran mi melodía, la melodía de Luis que seguía hablando ajeno a mi fantaseo, y después vi inscribirse una estrella en el centro del dibujo, y era una estrella pequeña y muy azul, y aunque no sé nada de astronomía y no hubiera podido decir si era una estrella o un planeta, en cambio me sentí seguro de que no era Marte ni Mercurio, brillaba demasiado en el centro del adagio, demasiado en el centro de las palabras de Luis como para que alguien pudiera confundirla con Marte o con Mercurio.

En *Todos los fuegos el fuego* (1966).

Tomado de: *Cuentos completos*. Alfaguara, Madrid, 1994.

El güero

José Donoso

No bien bajé del tren en la estación de Veracruz, me descompuso aquel mundo bullicioso y caldeado, tan distinto a cuanto conocía. Tuve el desagradable presentimiento de que todo iba a andar mal en ese desorden de gentes y cosas. En efecto, así fue, al principio, porque en el andén mismo extravié parte de mi equipaje. Luego, el chofer de taxi tardó demasiado en localizar el hotel donde debía hospedarme, y una vez allí me enojé con el encargado porque la ducha que con ansias aguardara durante mi viaje no funcionó hasta después de la revisión del plomero.

Ya resueltos los problemas del primer momento, bajé a la calle, y con el fin de beber algo fresco me senté a una mesita en el portal que se abre a la plaza principal de Veracruz. Mi desasosiego se desvaneció como por encanto, dejándome maravillado con cuanto mis sentidos iban descubriendo. Durante mi viaje por las ciudades de la meseta mexicana me había impacientado por terminar con ellas de una vez y bajar por fin al trópico. Era lo que veía desde mi mesa. En una oleada volvió mi fe –la fe de los que son muy jóvenes y sólo conocen latitudes templadas– de que en estos parajes llenos de exceso hallaría, sin duda, experiencias definitivas, mucho más ricas que cuantas hasta ahora conociera. Estaban al alcance de mi mano, casi podía palparlas, como mis dedos palpaban el vaso alto y fresco.

El sol ya había dejado de reflejarse en la cúpula de la inmensa parroquia color salmón de la acera de enfrente. Como todas las tardes, las nubes estallaban sobre la rada enviando desde el Golfo un soplo que humedecía y quemaba a la vez. A medida que iba oscureciendo, fue llegando más gente a la plaza, que pronto estuvo colmada de tumulto y algarabía. Creció la música de las marimbas ambulantes. Las muchachas vestidas de colores estridentes paseaban sin prisa, respondiendo o no a los ojos de los hombres vestidos de camisa y pantalón blancos que holgazaneaban en grupos, haciéndose lustrar los zapatos o discutiendo el precio de una rebanada de piña con el vendedor. A una cuadra de distancia, detrás de los portales, las grúas chirriaban en los muelles, cargando barcos que partían o llegaban de Jamaica y Belice, Mérida y Tampico, La Habana y Puerto Limón.

Aunque no está situado frente al sector más animado de la plaza, el Café de la Parroquia es lo más criollo que hay en Veracruz. Por las tardes acuden allí los industriales y políticos de la ciudad, con sus familias o sin ellas, para charlar con cualquier conocido que esté buenamente dispuesto a perder un rato mientras paladean algún refresco. Suelen verse también hacendados de tez amarillenta que, de paso para sus ingenios de quina o azúcar, aguardan en el pueblo el avión que los llevará a Tabasco, Chiapas o Quintana Roo. Muchos turistas norteamericanos llegan a Veracruz, pero son pocos los que acuden al Café de la Parroquia, porque en general prefieren los portales de los hoteles más cosmopolitas del lado opuesto de la plaza.

Yo sabía todo esto, y fue lo que me hizo dirigirme a ese café en cuanto salí del hotel. Sin embargo, poco después de instalarme, me sentí defraudado al oír acentos nasales típicamente yanquis en la mesa contigua. Eran tres mujeres. Nada en ellas llamaba la atención a primera vista, por ser entradas en años y carentes de belleza. Pero en el momento en que me disponía a cambiar de mesa reparé de pronto en una de ellas. No iba vestida con ese seudoexotismo de faldas floreadas y joyas bárbaras que tantas norteamericanas de cierta edad creen de rigor al viajar por México. Era la más anciana de las tres y vestía falda caqui. Su rostro era sólo cutis tostado adherido a huesos finos coronado por una corta maraña de pelo gris. En el momento en que nuestros ojos se cruzaron, hizo algo extraño: me sonrió. Luego, como si tal cosa, se caló las gafas y sacando lana y palillos de una bolsa comenzó a tejer sin interrumpir su conversación. No cambié de mesa y presté atención.

Hablaba con sencillez y autoridad sobre cosas mexicanas, sobre ciudades y plantas y gentes. Era botánica de profesión y había vivido largos años en el país. Sus compañeras eran turistas que el azar del viaje reuniera con Mrs Howland, la mujer de pelo gris.

—Tráeme otra cocacola, güero —dijo al mozo.

—Ahorita, güera —contestó.

En México la palabra "güero" significa rubio, pero en son de amistad se les da a quienes parecen no tener sangre india ni negra. El mozo era cualquier cosa menos rubio, pero como su tez no era excesivamente oscura, la palabra era natural. Me hubiera gustado conocer a Mrs Howland. Esa sonrisa y la tranquilidad que su persona emanaba me indicaron que vivía y conocía como a mí me hubiera gustado vivir y conocer.

El muchacho trajo la cocacola a Mrs Howland, que después de beberla dijo que ya era hora de partir, porque a la mañana siguiente madrugaría. Sus amigas le preguntaron a dónde iba. Respondió que a Tlacotlalpan, un pueblo río Papaloapan arriba, a cinco horas en lancha desde Alvarado. Habló un instante acerca de ese pueblo antiquísimo a orillas del "Río de las Mariposas", aislado en medio de la selva. Lo evocó con tal fuerza, que las imágenes que sus palabras suscitaron en mí hicieron que cuanto veía desde mi mesa me pareciera repentinamente banal: las palmeras de la plaza, las marimbas en los portales atestados, las sonrisas lentas que blanqueaban bajo los sombreros claros, no eran sino parte de un afiche vulgar para atraer a los turistas. Yo era muy joven, y me avergonzaba de mi condición de turista, deseando llegar a ser de los elegidos que nunca saben serlo. Quizás en las palabras de Mrs Howland hubiera un camino.

Me sonrió de nuevo antes de quitarse las gafas y guardar el tejido para partir. Se despidió de sus compañeras y la vi alejarse bajo la lluvia que se desató sobre la ciudad, haciendo que la plaza quedara desierta. Volví al hotel, y después de averiguar que Alvarado está algunos kilómetros al sur de Veracruz, pedí que me despertaran temprano a la mañana siguiente para tomar el autobús.

Lo primero que vi al llegar a Alvarado, en el pequeño muelle junto a las ventas de fruta y de pescado frito, fue a Mrs Howland. Sentada en su maletín, se divertía en observar cómo descargaban galápagos de los lanchones. Nadie parecía reparar en ella, lo que no dejaba de ser curioso, porque en México se mira mucho al extranjero, y esta mujer vestida de pantalón caqui y cucalón bien valía una mirada. Por lo menos era más extraña que yo, que a pesar de ser poco espectacular de aspecto y simple de indumentaria, mucha gente del pueblo se daba vuelta, diciéndome con desenfado: "¡Adiós, güero...!". Quizás fuera porque yo miraba demasiado, deslumbrado por el color y el movimiento de la mañana, y por la perspectiva del río abierto que extendía su lentitud hasta el horizonte.

La lancha atracó, llenándose pronto de pasajeros, que tomaron asiento detrás de las sucias cortinas de lienzo que colgaban del techo a modo de protección contra el sol. Cargaron jabas de refrescos, y Mrs Howland se instaló entre personas que llevaban bultos y niños y canastos.

Trepé al techo porque no quería que las cortinas me impidieran la vista del paisaje. Estaba seguro de que mi bello sombrero jarocho, de alas amplias y flexibles, era suficiente defensa contra la brutalidad del sol.

La lancha partió. Me recosté, apoyando la cabeza en mi mochila, y observé cómo desaparecía el pueblo que jalonaba los cerros con sus casas blancas y sus mechones de palmeras y mangos. Luego no quedaron más que cielo pesado, el calor hiriente en el aire húmedo y las ásperas líneas oscuras de las riberas. Avanzábamos lentamente, dejando una estela de olor a gasolina al sortear los bancos de jacintos flotantes.

La voz de Mrs Howland turbó mi contemplación:

—Señor, señor, baje. Le va a dar insolación.

Me incliné por el borde del techo y respondí:

—No tenga cuidado, señora, estoy acostumbrado al sol. Además, este sombrero...

—Jovencito —interrumpió su voz impaciente—, ni los que han nacido en estos lugares se atreven a hacer eso. No sea tonto, baje inmediatamente...

Me hizo sitio a sus pies entre los viajeros acumulados en la lancha. Mrs Howland tejía, tejía algo cuya forma no adiviné, tejía con calma, como si nada sucediera.

—La cerveza es lo mejor para el calor —dijo de pronto—. Voy a pedir una.

Pedí dos al encargado. Empinamos nuestras botellas y, después de limpiarse la boca, Mrs Howland dijo:

—Lo vi ayer en el Café de la Parroquia...

—Sí, estuve en la tarde. Usted me dio la idea de venir a Tlacotlalpan...

—¿Nunca lo había oído nombrar? —preguntó, quitándose las gafas y deteniendo su tejido—. Es un pueblo maravilloso. Existe desde hace siglos a orillas de este río y nada ha logrado perturbarlo. Cercado por la selva y las plantaciones de cocoteros, su único contacto con el mundo es esta lancha y los barcos que llegan en la temporada para transportar la cosecha.

—¿Usted vive allá?

—Ahora no, pero en otra época viví en Tlacotlalpan. Hace años que no vuelvo. Dicen que nada ha cambiado.

—¿Y por qué no había vuelto? —pregunté a costa de parecer intruso.

—Mi marido murió hace pocos meses y sólo ahora tengo libertad para venir. Él odiaba Tlacotlalpan. Está tan lleno de recuerdos dolorosos que jamás me permitió volver. Con la muerte de mi marido se terminó todo para mí... Ahora vengo para ver si en el pueblo que presenció lo más importante de mi existencia logro encontrar algo de intensidad para los años que me quedan por vivir. Mi marido, como yo, era botánico...

Se quedó en silencio unos instantes, y vi que en su mente se estaban ordenando ideas y emociones diferentes. Las cortinas apenas se balanceaban junto a su rostro oscuro. Repentinamente, como si se hubiera zambullido en su pasado, se irguió sacando a flote esta pregunta:

—¿Conoce usted a esa clase de personas que viven según teorías, teorías que estipulan el nombre preciso y el peso exacto de cada cosa, desterrando con eso toda posibilidad de misterio?

Pareció agotarse con la fuerza de la pregunta, porque hubo un nuevo silencio. Pero la pregunta de Mrs Howland se repetía y se repetía en mis oídos, como si la lancha arrastrara sus palabras. No supe, ni creí necesario, responder. El tono de su voz fue más tranquilo al continuar:

—Mi marido y yo éramos especímenes perfectos de ese tipo humano. Ambos pertenecíamos a familias ricas, vinculadas a los mejores círculos científicos e intelectuales de nuestro país. Nos conocimos como compañeros de estudios en una universidad pequeña pero de gran prestigio. Admiré a Bob desde que lo conocí. Era el estudiante más distinguido de la facultad, además de ser alto y rubio, bellísimo hasta sus últimos días. Los años que duraron nuestros estudios trabajamos juntos y pensamos juntos en unión perfecta. Estábamos convencidos de que no existía gente más clara, más sana y más inteligente que nosotros. Los lazos de familia eran absurdos, los prejuicios de raza y clase una imbecilidad, la ciencia lo único que importaba, y la gente en general, aburrida y vulgar. Nos casamos al recibir el título. Teníamos todo: belleza (no se vaya a reír, jovencito, yo fui bella en otro tiempo), cultura, inteligencia, salud, y por lo tanto no cabían sorpresas desagradables en nuestras vidas planeadas con tanta claridad. Nos interesaba cierta rama especialísima de la botánica experimental. Nuestros puntos de vista eran novedosos, a la vez que académicos, y la universidad nos contrató como ayudantes de cátedra.

"¿Conoce la vida en una universidad pequeña en los Estados Unidos? Bueno, sabrá entonces que es el ambiente más propicio para gente como nosotros. Trabajábamos apasionadamente durante el día, y por las tardes salíamos a caminar bajo los árboles vetustos, dando migas de pan a las ardillas de los prados y saludando a los muchachos conocidos, mientras veíamos iluminarse una a una las ventanas de los dormitorios. De vez en cuando asistíamos a reuniones, vestidos siempre con nuestros mejores tweeds. Se hablaba de política, de ciencia, de libros, o bien se comentaban los últimos chismes de ese universo limitado. Una vez por semana nos visitaban nuestros alumnos predilectos y les servíamos té, para demostrarles que nosotros también éramos humanos.

"Nuestra vida en la universidad duró unos cuantos años felices. Más tarde nos trasladamos a Nueva York a hacernos cargo de puestos que allí nos ofrecieron. Al principio nos sentimos muy solos en la inmensa ciudad, uniéndonos como nunca en torno a nuestro trabajo. Pero Nueva York es un monstruo que devora hasta el último ápice de humildad. Bob emprendió una investigación en gran escala, cuyos resultados no se apreciarían hasta más tarde, algo serio, profundo, difícil, mientras yo me dejé tentar para escribir artículos de difusión en revistas seudocientíficas, con los que obtuve fama inmediata. Se me llegó a considerar una mujer brillante unida a un hombre opaco, a un ratón de laboratorio, que era incapaz de producir. Comencé yo también a convencerme de eso y a aburrirme junto a mi marido. Dejé mis buenos tweeds académicos y provincianos para acudir a los modistos de cartel. Era una aventura contemplar mi belleza envuelta en telas suntuosas y en las miradas de admiración de todos. Me alejé más y más de Bob y él de mí, pero antes de una ruptura definitiva me sentí embarazada. Nació el niño, pero murió a la semana. Con esto aumentó la distancia hacia mi marido, lanzándome a lo que llamábamos 'la vida'. Creía estar satisfecha con mi modo de existir, considerando que al ser civilizados no podíamos coartar nuestras inclinaciones. Me creía libre porque mandé toda obligación a paseo, pero en el fondo me atormentaba la conciencia de estar incapacitada para un trabajo a la altura del que Bob realizaba.

"A los nueve meses de llegar Bob borracho una noche, tuve otro niño, hijo suyo. Por entonces mi marido fue llamado a la Universidad de México, en calidad de profesor permanente. Yo estaba desorientada, pero aferrándome a los lazos algo ficticios que este hijo nos brindaba, acudí junto a él. El trabajo que Bob llevó a cabo fue brillantísimo; mientras, una envidia peligrosa me hizo separarme totalmente de él a través de esos diez primeros años en México, sin que me resolviera a dar pasos definitivos.

"Entretanto, y supongo que a modo de juego para entretener mi ocio, decidí que este hijo mío iba a ser un gran hombre. Desde temprano debía ser capaz de razonar por sí solo y de actuar según sus inclinaciones, libre de toda oscuridad que entorpeciera lo que habría de ser la más plena de las vidas. Era un niño hermoso. Sus ojos inmensos eran del azul más hondo, más transparente que he visto, y su cabeza de forma perfecta era de oro liso y brillante y sedoso.

"Mike tenía nueve años cuando Bob se vio obligado a buscar recogimiento absoluto para escribir un libro basado en el vasto acopio de material que acumulara en sus años de enseñanza y experimentación. Necesitaba un sitio tranquilo donde hacerlo, y un amigo nos sugirió que la aldea de Tlacotlalpan era lo más indicado. Ese libro sería la obra básica de su vida, y aunque yo no tenía interés en enterrarme en la selva junto a un hombre que no amaba, creo que la perspectiva de la gloria que le granjearía su obra y el deseo de no quedar excluida de tan magna realización me indujeron a seguirlo.

"Me parece que ésta es la misma lancha en que hicimos ese primer viaje, hace veinte años. Aunque mucho hubiésemos viajado por México, era cosa sobrenatural encontrar una inmensa catedral pintada de ultramarino en un pueblo de dos mil habitantes, perdido en la selva. Las callejuelas, en que crecía pasto, estaban bordeadas por sólidas casas de un piso con portales a la calle, pintadas de rosa, amarillo, azul y verde. El río se arrastraba casi mudo junto al embarcadero de troncos, bajo los bananos, mangos y palmeras, llevando islas de jacintos azules. Las plantaciones de cocoteros, y más allá la selva, cercaban el pueblo junto al río. En los patios de las casas crecían tulipanes rojos, suspendidos como linternas de los arbustos que en la noche hervían de luciérnagas. Y había jaulas con loros, y corredores, y mujeres que arrastraban chanclos de madera por las baldosas pulidas y frescas de las habitaciones.

"¡Ah! ¡Esos primeros tiempos! ¡La belleza que recordada hiere más que vista por primera vez! ¡Y Amada Vásquez! Esa antigüedad en sus ojos de india, mezcla de magia y de religiones confusas y de terror. Es una burla del tiempo que viva aún y que yo vuelva a su casa como si nada hubiera sucedido. Ese patio color de rosa, esa mecedora en eterno movimiento, esos mosquiteros delicados como neblina, esas sábanas tiesas de almidón y limpieza, existen todavía. Dentro de pocas horas las volveré a ver. ¿Vivirá todavía aquel loro al que mi hijo Mike enseñaba palabras inglesas? ¿Se estará meciendo aún en su alcántara junto al lavadero del pequeño muelle particular en la parte de atrás de la casa, abierta al río?

"En el momento mismo en que saltamos al embarcadero, los que acudieron a presenciar la llegada de la lancha se acercaron a nosotros y viendo a Mike exclamaban maravillados: '¡El güero, el güero...!'. Una mujer pasó su mano oscura por la cabeza dorada del niño. Comprobé con orgullo que no se asustaba.

"Mi marido dijo que se había enamorado de Amada Vásquez a primera vista. Era minúscula y oscura como una cucaracha, y caminaba muy rápido y casi sin moverse. Era vieja como el tiempo, con su cuerpo reducido, sus flacas y larguísimas trenzas apenas entrecanas, su rostro rugoso como una corteza. Arrendaba piezas a huéspedes selectos. Pero tanto nos encantó su casa que le rogamos nos la cediera completa, incluyendo sus servicios personales. Amada, que era soltera, se dedicaba a hacer albas para el ajuar de la parroquia. No sé cuántas veces la vería deshilando, bordando complicados diseños, agregando flecos y zarandajas con sus manos oscuras a inmaculadas piezas de hilo. En las tardes espesas de calor, solía sentarse en una mecedora de junco en el portal de su casa y cuantos pasaban le sonreían con respeto. La casa le había sido legada por unas señoritas De Lara, muy antiguas y muy puras, como premio por haber dedicado su vida a la comodidad de sus personas. A la muerte de Amada, la casa debía pasar a poder de la parroquia.

"Tardamos poco en instalarnos en casa de Amada. Mike adoró a nuestra anfitriona desde el primer momento, siguiéndola en todos sus quehaceres. En Ciudad de México jamás consentimos en enviar a nuestro hijo al colegio, porque temíamos que allí se hiciera de prejuicios. Nosotros le enseñábamos cuanto nos parecía necesario para su educación. Pero iba a cumplir diez años en breve, y era una buena idea que comenzara sus estudios en la escuela pública de Tlacotlalpan, junto a los demás niños del pueblo. Debía adquirir así ese sentido de justicia y de igualdad que tanto nos interesaba que adquiriera.

"Lo llevé a la escuela a la semana siguiente de nuestra llegada. La preceptora, la señorita Hidalgo, se sintió muy honrada de recibir al 'güero' entre sus alumnos. Esa mañana yo misma lo acompañé hasta la sala. Cuando Mike se instaló en uno de los bancos vacíos del medio de la clase, la profesora ordenó a un niño que ocupaba el primer banco que cambiara de sitio con él. No lo permití. Señalé especialmente a la señorita Hidalgo que deseaba, sobre todo, que no se hiciera diferencia con mi hijo.

"Es la visión más bella que guardo de él. Lo veo en aquella clase, en medio de esos hermosos muchachos morenos de ojos inquietos y experimentados como insectos negros, que se daban vuelta para mirarlo, mientras él sonreía desde su inocencia: era un ser distinto, perfecto, señalado.

"Cuando Mike regresó a casa esa tarde, me sorprendió ver que lo primero que hizo fue ir a su habitación y quitarse los zapatos.

"—¿Qué haces? —pregunté extrañada.

"—Es que soy el único que va con zapatos a la escuela —respondió. Había humillación en su voz—. Me molestaron.

"—¿Quisieron robártelos?

"–No. Al principio no se atrevían a acercarse a mí y estuve solo todo el primer recreo. Depués se hicieron amigos y querían que les prestara mis zapatos para probárselos...

"Mike me contó que le tocaban el pelo y que incluso uno más atrevido había intentado introducirle un dedo en los ojos para tocar el azul. Todo esto me incomodó. Por muy estético que fuera ver a mi hijo asistir descalzo a una escuela pública en un pueblo perdido en la selva, no era posible. Expliqué al niño que nosotros éramos distintos, que la gente de nuestra raza es más delicada por no estar acostumbrada al clima de la región como sus compañeros de escuela, cuya raza se había ido adaptando al medio lentamente a través de los siglos. Pero Mike insistió en ir descalzo a la escuela. Le expliqué que por esa misma razón bebíamos sólo agua hervida, por ejemplo, y preparábamos nuestros alimentos de manera diferente. Con suma paciencia lo convencí de que sus pies no resistirían las asperezas del suelo ni el calor acumulado allí durante el día.

"A la mañana siguiente no vi salir a Mike. Cuál no sería mi sorpresa cuando pasadas las doce, mientras yo charlaba con Amada en el portal de la casa, vi doblar la esquina a la profesora que, seguida por un grupo de niños, traía a Mike en brazos.

"Corrí a su encuentro. La señorita Hidalgo me explicó que había creído idea nuestra enviar a Mike descalzo a la escuela. El niño estaba lloroso en sus brazos, con los pies heridos y amoratados. Las clases se habían suspendido y gran parte del alumnado acompañaba al 'güero' hasta su casa.

"Pedí una explicación a Mike. Dijo que en la escuela lo habían desafiado a caminar por las baldosas quemantes del patio, y luego por unos abrojos. Éste era el resultado. Me quejé a la señorita Hidalgo, y me aseguró que no se repetiría.

"A medida que el tiempo avanzaba, el niño gustaba más y más de seguir a Amada por todas partes. Muchas veces los oía charlar en el cuarto vecino, y luego Mike venía a mí para comentar las historias que la vieja le contaba. Eran historias de pájaros y de animales maravillosos, de dioses buenos que protegían al mundo desde su morada en la fuente del río. Pero sucedió algo extraño: a medida que se aficionaba a estas historias, fue dejando de venir a mí para relatármelas. Sin embargo, me gustaba verlos juntos. Lavando de rodillas al borde del río, Amada se inclinaba y se erguía, se inclinaba y se erguía, hablando con Mike, que sentado a su lado en el muelle salpicaba con los pies en el agua.

"Desde que llegamos a Tlacotlalpan, lo que más fascinó a Mike fueron las embarcaciones. Y no sin razón. Eran mágicos esos botes de colores que se mecían atados al muelle día tras día; y aquellos en que al caer la tarde, bajo el cielo arrebolado de los crepúsculos en que no había tormenta, los trabajadores regresaban de sus faenas en la orilla opuesta; y los que, tumbados entre las raíces de algún mango gigante, eran como animales cansados buscando refugio en la sombra. Mike iba mucho al muelle. Lo acompañaban en estas excursiones los hermanos Santelmo. Estos muchachos eran sanos y bellos, y yo cultivaba su amistad para mi hijo, porque no eran serviles, como lo fuera Ramírez, el primer amigo que Mike tuvo en Tlacotlalpan. Cultivaba también su afición por los botes, porque quizás esto lograría alejarlo un poco de Amada, que me estaba dando que pensar.

"Amada me estaba dando que pensar por varios motivos. Al principio había creído que la admiración de esta mujer por nuestras ventajas materiales, como asimismo la que todo el pueblo nos profesaba, era incondicional. Pero con el transcurso del tiempo fui comprobando que la admiración no era pura, que un elemento desconocido la viciaba.

"Recuerdo que una tarde, al volver de una visita al párroco, con quien habíamos hecho amistad, oí voces en mi cuarto. Me asomé, y cuál no sería mi sorpresa al ver a Amada vestida con una de mis faldas, remedando mis modales ante dos comadres que reían con la comedia. Mis cajones estaban revueltos y mis cosas por el suelo. La mímica de Amada era perfecta. Remedaba mi modo de caminar y con mi entonación característica murmuraba palabras incoherentes que debían ser inglés. Enrojecí al verme tan cruelmente caricaturizada, y entrando le ordené que guardara mis cosas. Para que no se enfadara, le regalé la falda que llevaba puesta, y quedó feliz.

"Luego comenzaron a desaparecer objetos que nos pertenecían, sobre todo juguetes de Mike. Lo interrogué al respecto y no supo qué contestar. En silencio, ya que nada se podía decir contra Amada sin que el niño se encolerizara, atribuí las pérdidas a la codicia de nuestra anfitriona. Me importó poco la pérdida de tanto objeto sin valor, porque las ventajas de vivir en casa de Amada eran incontables.

"Una noche, Mike despertó llorando. Bob y yo acudimos junto a él. Después de murmurar una serie de incoherencias volvió a dormirse. Pero las pesadillas comenzaron a ser frecuentes. Solía despertar dando gritos, sollozando, pidiendo que Amada acudiera junto a él. Hablaba de ríos, de tesoros, de dioses y de noches tormentosas, pero no llegué a inquietarme, porque atribuí estas alteraciones al cambio de ambiente. Sin embargo, no dejé de mirar a nuestra patrona con malos ojos, por considerar que ella había llenado la cabeza de Mike con las patrañas que deshacían el equilibrio que yo deseaba para él.

"El tiempo avanzaba y Bob no hacía otra cosa que escribir. El libro crecía. Pero el trabajo que yo desarrollé para la obra fue tan ineficaz que no pude dejar de convencerme de que me había incapacitado definitivamente para esta clase de labor. Me dolía confesar que la ciencia ya no tenía interés para mí. Bob me interesaba menos. Decidimos separarnos a la vuelta, y yo no hacía más que suspirar por que llegara el momento de poner punto final al libro. Lo único que me daba algo de placer era contemplar a Mike. Se adaptó admirablemente al ambiente y a sus compañeros de estudio, haciéndose de muchos amigos entre ellos. Al principio, Mike fue tímido en la escuela, y eligió amigos tímidos. Después la timidez se trocó en audacia, y eligió amigos también audaces. Se entretenían en juegos tan intensos y serios que no pude menos de percibir una nota de peligro en ellos.

"Cierta tarde recibí visita de la señorita Hidalgo. Le costó concretarse, pero después de muchos circunloquios me confesó que ya no podía con Mike. Tenía sublevado a un grupo de muchachos. Si el 'güero' les proponía no asistir a clase, todos lo seguían en sus andanzas por las plantaciones, los bosques y el río. Si Mike rehusaba hacer sus tareas, los demás hacían lo mismo. Otras veces, mediante lo que la solterona denominó regalos soberbios, obligaba a los estudiantes más aplicados a hacerle sus trabajos. Ésta, y no la que yo supusiera, era la causa de la desaparición de tantos objetos de su cuarto. Me dolió recordar las veces que lo había interrogado al respecto, cuando afectaba una inocencia tan perfecta que yo le creí sin dudar. La señorita Hidalgo se quedó toda la tarde contándome muchas cosas sobre Mike. Por ejemplo, le parecía que el 'güero' relataba ciertas historias a sus compañeros, historias que todos guardaban en el mayor secreto. A menudo lo veía encuclillado en un rincón del patio con un grupo de muchachos alrededor. Eran un grupo de elegidos, que andaban con la cabeza en alto, y los que no pertenecían se esforzaban por agradar al 'güero' para ingresar.

"Creí que eran exageraciones de solterona. De todos modos increpé a Mike por no haber dicho la verdad a propósito de la desaparición de sus juguetes, pero me pidió que no me enojara. Dijo que era natural que deseara regalarlos, porque eran cosas extraordinarias para sus amigos, mientras que a él no le interesaban.

"Una mañana, al acompañar a mi hijo hasta la puerta cuando partía para el colegio, vi que por lo menos diez condiscípulos lo aguardaban en el portal del frente. Esto me desagradó, pensando en lo que la señorita Hidalgo dijera. Cuando el niño regresó esa tarde, lo interrogué.

"–Es que me tienen admiración... –respondió.

"–¿Admiración? –pregunté asombrada–. Serás muy buen alumno o habrás hecho algo muy importante.

"–No, no es por eso. Es que se dan cuenta de que soy distinto.

"–¿Distinto?

"–Sí, distinto –luego agregó con tono desafiante–: ¿No me lo dijiste tú misma cuando pasó lo de los zapatos?

"No supe qué actitud tomar. ¿Eran éstos los frutos de mis teorías y de mis buenas intenciones? Lo reprendí vivamente. Era demasiado difícil aclarar las cosas a un niño de diez años, y yo ya no tenía fuerza más que para pensar en nuestra vuelta a la civilización. Permanecí en silencio zurciendo un calcetín bajo la lámpara en torno a la cual zumbaban los insectos. Mike estaba hojeando un libro y miraba hacia la puerta de vez en cuando. Amada había salido. Debía volver en breve para servirnos la cena. Mike dijo de súbito:

"–Amada también dice lo mismo y la señorita Hidalgo lo piensa y se lo dice a todos...

"Parecía desear una discusión. Tuve miedo y sólo atiné a decir:

"–Esto tiene que cesar inmediatamente...

"Prosiguió:

"–¿Entonces no supiste lo que pasó con la mamá de los Santelmo y la de Ramírez? Es muy divertido. Todo el pueblo lo sabe. ¿Te acuerdas de que yo era amigo de ese tonto de Ramírez al principio, y que después me aburrí con él y me hice amigo de los Santelmo? Bueno, las dos familias son vecinas. Cuando me hice amigo de los

Santelmo y no quise juntarme más con Ramírez, las familias pelearon. Ahora no se saludan. Dicen que un día la mamá de Ramírez se encontró con la señora Santelmo en el muelle y que la empujó al agua y casi se ahogó...

"El tono del relato me aterrorizó de tal manera que no me atreví a alzar la vista del zurcido. Adopté una actitud crédula:

"—¿Y por qué te quieren tanto? Debes ser un niño muy bueno...

"Al oír esto, Mike me miró con la expresión más perturbadora que he visto en los ojos de un niño. Había risa mezclada con el más profundo desprecio por mi simpleza. Era como si yo hablara con un ser mucho más viejo e infinitamente más sabio que yo. Mi hijo había adquirido una dimensión que yo no podía controlar.

"—Sí, es por eso... —respondió.

"—¿Y nada más que por eso?

"En ese momento llegó Amada. Mike se fue con ella y no me atreví a impedírselo.

"Quise explicar mis temores a Bob, pero nada comprendió porque estaba pensando en el libro que pronto terminaría. Dijo que era inútil preocuparse, puesto que partiríamos dentro de un mes. Por lo demás, ni yo misma comprendía las cosas con exactitud. Pero mientras Bob trabajaba, yo tenía tiempo de sobra para inquietarme con Mike. El niño tenía dos estados: junto a Bob y a mí era cabizbajo y solapado; parecía estar siempre pensando en otras cosas. En cambio, cuando Amada o los Santelmo lo acompañaban, su estado era de ebullición y audacia. Sus noches de pesadilla eran bastante frecuentes, y a veces decía en ellas que lejos, en la fuente del río, vivían los poderosos dioses rubios, y que quien llegara hasta su morada sería su igual. Hablaba de un pájaro que alumbraba el bosque con su plumaje de oro, hablaba de Amada y de embarcaciones que en la noche remontaban el río.

"La señorita Hidalgo se quejó de nuevo de que ya no podía con Mike: nadie iba a clase, por seguirlo en sus andanzas. Yo tampoco podía con él. Muda, observaba el cambio que se operó en él a lo largo de nuestra vida en Tlacotlalpan, en contacto con tanta fuerza primitiva, cerca de Amada y de esos niños cuyos ojos conocían el vocabulario anciano de la selva y del río. Mike mismo era como un río que se hubiera desbordado con las lluvias. Todas las fuerzas parecían haberse derramado dentro de mi hijo, y como yo estaba ciega, no me di cuenta de que era demasiado frágil para soportar el peso. Digo ciega, porque mi fe era que el contacto con Mike serviría de elemento civilizador a esos niños, ya que no sólo para mí, sino también para ellos, era un ser superior. No supe que ellos y cuanto los rodeaba ensancharon la vida de Mike hasta el punto en que todo lo misterioso y todo lo que vibra con fuerza oculta llegó a ser su elemento natural.

"Toda una tarde sopló ese viento negro que desordena la tersura del cielo, y en la noche las nubes pesadas estallaron en relámpagos y lluvia, encerrando el pueblo y el río rugiente y la inmensa selva embravecida en una habitación de calor irrespirable. Era una de las tantas borrascas ardientes que en Tlacotlalpan presenciáramos, y nos dirigimos sin mayor preocupación a casa del padre Hilario, donde estábamos invitados a cenar. Al pasar junto al muelle notamos que, debido a la tempestad, todos los botes menos uno habían sido retirados. El que quedaba crujía al ser lanzado por las olas, y como no sabíamos de quién era no pudimos avisar a su dueño para que salvara lo que seguramente era su única fortuna.

"La cocinera del padre Hilario, que nos quería mucho, había preparado nuestros guisos preferidos. Tomábamos la sopa, cuando el buen sacerdote dijo:

"–Esto parece el fin de vuestra famosa civilización...

"Bob y yo no dejamos de ver que se aproximaba la discusión que tantas veces repitiéramos, pero que a don Hilario parecía incansablemente interesante; después de vivir diez años en el trópico, una tormenta más no podía parecerle extraordinaria.

"Cuando nos disponíamos a partir tras mucha comida y mucha charla, escuchamos los gritos de un niño en la puerta. Pálida, me puse de pie y corrí a abrir. El viento entró en la casa y, en el umbral, vi al pequeño Ramírez que me miraba, temblando, empapado por la lluvia y sin decir palabra. Comprendí instantáneamente que por fin se había desencadenado lo que durante toda nuestra permanencia en Tlacotlalpan se preparaba. Después de eso, mis recuerdos de aquella noche son confusos. Pero más tarde, por boca del mismo niño que gritara en la puerta del padre Hilario, y que había formado parte del juego hasta el último momento, supe cómo sucedió.

"Parece que esa noche, en cuanto partimos y Amada se retiró a su habitación, Mike se vistió para salir. Nunca sabré, y prefiero no saberlo, si sucedió con el consentimiento de Amada. Prefiero pensar lo contrario.

"Hoy cierro los ojos y lo veo todo con la imaginación. Mike corre por el pasto empapado de la calle, y la lluvia chorrea de su cabeza dorada de pequeño dios a quien los elementos no incomodan. En la esquina de la plaza se reúne con sus compañeros y se dirigen al muelle. Al ver que el cielo oscuro se triza de rayos vivos, al sentir el viento caliente que encabrita las aguas y la selva, Ramírez, que a pesar de todo era de la partida, comienza a fallar. Parece que no soportó la idea de que Pedro Santelmo, y no él, fuese el lugarteniente de Mike, y eso, o el terror, lo hicieron reconsiderar su decisión. Este niño me contó que Mike solía relatar las historias de Amada a sus compañeros, sobre todo aquella historia de los dioses rubios que vivían en la fuente del río, y que era necesario llegar hasta allí en una noche de tormenta para ser igual a ellos. Mike los convenció de que así llegarían a poseer todo su poder, todas sus riquezas y toda su sabiduría. Ramírez dijo que la expedición se venía tramando desde tiempo atrás y que el jefe eligió sólo diez compañeros. Me imagino las promesas que mi hijo haría, si esos niños, hijos de gente temerosa del río por conocerlo tanto, se embarcaron sin titubear en aquella lancha mísera. ¿Acaso les prometería oro, o ser, como él, distintos? ¿O les prometería ese saber sobrehumano que ellos le atribuían? No sé...

"Desde el muelle, Ramírez los vio embarcarse. No puedo imaginarme cómo nueve niños, de diez a doce años, lograron hacerlo en una noche tan borrascosa. ¿De dónde sacaron fuerzas? ¿De dónde sacaron valor?

No sé, no sé... Ramírez presenció sus esfuerzos por controlar la lancha, enceguecidos por la lluvia que azotaba, mientras ellos lo insultaban por no embarcarse. Bajo los gritos de mando de Mike desataron la lancha, se apoderaron de los remos y, con él al timón, se adentraron en el río revuelto.

"Llevaban una pequeña linterna en la embarcación. Me imagino sus rostros inclinados cerca de ella en la lluvia, y junto a esa pobre luz veo el rostro de mi hijo, serio e intenso, manejando el timón. Me imagino el esfuerzo salvaje pintado en el rostro de cada uno de esos niños. Me imagino la impotencia, la ira de su impotencia. Me imagino la embarcación exigua con su luz mísera saltando las olas negras del río furioso, y cómo se vería desde allí el puñado de luces que señalaban el pueblo en una ribera, y en la otra, la espesura de la vegetación ciega y caliente, iluminada por los rayos. Quiero imaginarme, y esto me produce siquiera algo de contentamiento, que el entusiasmo de su juego duró por lo menos algunos instantes. Que alcanzó grandeza la fe en su aventura en esos pocos momentos antes de que el terror se apoderara de ellos al ver que la lancha crujía y se desarmaba, antes que el trueno del viento y del agua ahogara sus gritos de alarma, antes que la lancha zozobrara, y que las aguas del río, enfurecido por el desacato de diez niños que osaron desafiarlo, se cerraran sobre sus cabezas..."

Hacia el final del relato, la voz de Mrs Howland tomó el brillo y la precisión de una joya en ese aire caliente que parecía capaz de disolverlo todo, todo menos su timbre y sus palabras. Miré sus manos que aún tejían y creí adivinar la forma y el objeto de ese tejido. Observé su cabeza contra la cortinilla sucia; era eterna, sabia, oscura, como la cabeza de Amada Vásquez.

—El salvamento —prosiguió casi sin expresión en su voz— duró toda la noche. Junto con nosotros acudió todo el pueblo al muelle, con faroles y linternas que eran ineficaces en medio de la vasta oscuridad. Bob con otros padres pasó la noche recorriendo el río en una de las lanchas. No sé cómo fue que él también no pereció, pero nada temí al verlo embarcarse. Todo fue inútil. No se encontró el menor indicio de los niños. Oí decir que después de varios días aparecieron dos cadáveres cerca de la desembocadura del río. Pero ninguno era el de Mike.

"Abandonamos el pueblo tan pronto como pudimos. Yo odiaba ese pueblo nefasto, esa gente nefasta. Pero lentamente el tiempo fue reintegrando el orden dentro de mí, y hallé un nuevo amor al trabajo, y a Bob y a la gente. Tuve tiempo para pensar mucho y para trazar, por decirlo así, una línea alrededor de lo sucedido. Pero no una línea que lo separara de mi vida y del resto de las experiencias humanas..."

Su voz quedó suspendida en el silencio, largo rato.

Dije que subiría al techo de la lancha para ver la llegada, pero creo que mi compañera no me oyó, tan concentrada estaba en su tejido. Me paré en el techo y dejé que el aire caliente bañara mi rostro. Cerré los ojos, y luego los abrí: era como si por primera vez estuviera viendo.

Nos acercamos a la línea verde de la ribera, matizada ahora de verdes y de árboles distintos, y de movimiento.

De cuando en cuando aparecían pequeños muelles, casas sostenidas en pilotes sobre el agua, hombres de torso desnudo y sombrero blanco pasando de la sombra al sol. Un pájaro gritó en la selva: la línea de la nota se alzó larga y clara, recogiendo en sí todos los ruidos, porque hubo un silencio después. Tras un recodo boscoso, vi alzarse las torres azules de la iglesia de Tlacotlalpan sobre los árboles y las techumbres.

No sé cuánto estuve allí, contemplando. Después recordé la advertencia de Mrs Howland respecto al sol. Bajé, pedí una cerveza, y aguardé hasta que la lancha atracó. Al verme desembarcar, los muchachos del pueblo me gritaron:

—¡Güero! ¡Güero! ¡Güero!

En *Veraneo y otros cuentos* (1955).

Tomado de: *Cuentos.* Alfaguara, Chile, 1998.

La prodigiosa tarde de Baltazar

Gabriel García Márquez

La jaula estaba terminada. Baltazar la colgó en el alero, por la fuerza de la costumbre, y cuando acabó de almorzar ya se decía por todos lados que era la jaula más bella del mundo. Tanta gente vino a verla, que se formó un tumulto frente a la casa, y Baltazar tuvo que descolgarla y cerrar la carpintería.

—Tienes que afeitarte —le dijo Úrsula, su mujer—. Pareces un capuchino.

—Es malo afeitarse después del almuerzo —dijo Baltazar.

Tenía una barba de dos semanas, un cabello corto, duro y parado como las crines de un mulo, y una expresión general de muchacho asustado. Pero era una expresión falsa. En febrero había cumplido treinta años, vivía con Úrsula desde hacía cuatro, sin casarse y sin tener hijos, y la vida le había dado muchos motivos para estar alerta, pero ninguno para estar asustado. Ni siquiera sabía que para algunas personas, la jaula que acababa de hacer era la más bella del mundo. Para él, acostumbrado a hacer jaulas desde niño, aquél había sido apenas un trabajo más arduo que los otros.

—Entonces repósate un rato —dijo la mujer—. Con esa barba no puedes presentarte en ninguna parte.

Mientras reposaba tuvo que abandonar la hamaca varias veces para mostrar la jaula a los vecinos. Úrsula no le había prestado atención hasta entonces. Estaba disgustada porque su marido había descuidado el trabajo de la carpintería para dedicarse por entero a la jaula, y durante dos semanas había dormido mal, dando tumbos y hablando disparates, y no había vuelto a pensar en afeitarse. Pero el disgusto se disipó ante la jaula terminada. Cuando Baltazar despertó de la siesta, ella le había planchado los pantalones y una camisa, los había puesto en un asiento junto a la hamaca, y había llevado la jaula a la mesa del comedor. La contemplaba en silencio.

—¿Cuánto vas a cobrar? —preguntó.

—No sé —contestó Baltazar—. Voy a pedir treinta pesos para ver si me dan veinte.

—Pide cincuenta —dijo Úrsula—. Te has trasnochado mucho en estos quince días. Además, es bien grande. Creo que es la jaula más grande que he visto en mi vida.

Baltazar empezó a afeitarse.

—¿Crees que me darán los cincuenta pesos?

—Eso no es nada para don Chepe Montiel, y la jaula los vale —dijo Úrsula—. Debías pedir sesenta.

La casa yacía en una penumbra sofocante. Era la primera semana de abril y el calor parecía menos soportable por el pito de las chicharras. Cuando acabó de vestirse, Baltazar abrió la puerta del patio para refrescar la casa, y un grupo de niños entró en el comedor.

La noticia se había extendido. El doctor Octavio Giraldo, un médico viejo, contento de la vida pero cansado de la profesión, pensaba en la jaula de Baltazar mientras almorzaba con su esposa inválida. En la terraza interior donde ponían la mesa en los días de calor, había muchas macetas con flores y dos jaulas con canarios. A su esposa le gustaban los pájaros, y le gustaban tanto que odiaba a los gatos porque eran capaces de comérselos. Pensando en ella, el doctor Giraldo fue esa tarde a visitar a un enfermo, y al regreso pasó por la casa de Baltazar a conocer la jaula.

Había mucha gente en el comedor. Puesta en exhibición sobre la mesa, la enorme cúpula de alambre con tres pisos interiores, con pasadizos y compartimientos especiales para comer y dormir, y trapecios en el espacio reservado al recreo de los pájaros, parecía el modelo reducido de una gigantesca fábrica de hielo. El médico la examinó cuidadosamente, sin tocarla, pensando que en efecto aquella jaula era superior a su propio prestigio, y mucho más bella de lo que había soñado jamás para su mujer.

—Esto es una aventura de la imaginación —dijo. Buscó a Baltazar en el grupo, y agregó, fijos en él sus ojos maternales—: Hubieras sido un extraordinario arquitecto.

Baltazar se ruborizó.

—Gracias —dijo.

—Es verdad —dijo el médico. Tenía una gordura lisa y tierna como la de una mujer que fue hermosa en su juventud, y unas manos delicadas. Su voz parecía la de un cura hablando en latín—. Ni siquiera será necesario ponerle pájaros —dijo, haciendo girar la jaula frente a los ojos del público, como si la estuviera vendiendo—. Bastará con colgarla entre los árboles para que cante sola.

—Volvió a ponerla en la mesa, pensó un momento; mirando la jaula, y dijo—: Bueno, pues me la llevo.

—Está vendida —dijo Úrsula.

—Es del hijo de don Chepe Montiel —dijo Baltazar—. La mandó a hacer expresamente.

El médico asumió una actitud respetable.

—¿Te dio el modelo?

—No —dijo Baltazar—. Dijo que quería una jaula grande, como ésa, para una pareja de turpiales.

El médico miró la jaula.

—Pero ésta no es para turpiales.

—Claro que sí, doctor —dijo Baltazar, acercándose a la mesa. Los niños lo rodearon—. Las medidas están bien calculadas —dijo, señalando con el índice los diferentes compartimientos. Luego golpeó la cúpula con los nudillos, y la jaula se llenó de acordes profundos—. Es el alambre más resistente que se puede encontrar, y cada juntura está soldada por dentro y por fuera —dijo.

—Sirve hasta para un loro —intervino uno de los niños.

—Así es —dijo Baltazar.

El médico movió la cabeza.

—Bueno, pero no te dio el modelo —dijo—. No te hizo ningún encargo preciso, aparte de que fuera una jaula grande para turpiales. ¿No es así?

—Así es —dijo Baltazar.

—Entonces no hay problema —dijo el médico—. Una cosa es una jaula grande para turpiales y otra cosa es esta jaula. No hay pruebas de que sea ésta la que te mandaron hacer.

—Es esta misma —dijo Baltazar, ofuscado—. Por eso la hice.

Gabriel García Márquez

El médico hizo un gesto de impaciencia.

—Podrías hacer otra —dijo Úrsula, mirando a su marido. Y después, hacia el médico—: Usted no tiene apuro.

—Se la prometí a mi mujer para esta tarde —dijo el médico.

—Lo siento mucho, doctor —dijo Baltazar—, pero no se puede vender una cosa que ya está vendida.

El médico se encogió de hombros. Secándose el sudor del cuello con un pañuelo, contempló la jaula en silencio, sin mover la mirada de un mismo punto indefinido, como se mira un barco que se va.

—¿Cuánto te dieron por ella?

Baltazar buscó a Úrsula sin responder.

—Sesenta pesos —dijo ella.

El médico siguió mirando la jaula.

—Es muy bonita —suspiró—. Sumamente bonita. Luego, moviéndose hacia la puerta, empezó a abanicarse con energía, sonriente, y el recuerdo de aquel episodio desapareció para siempre de su memoria.

—Montiel es muy rico —dijo.

En verdad, José Montiel no era tan rico como parecía, pero había sido capaz de todo por llegar a serlo. A pocas cuadras de allí, en una casa atiborrada de arneses donde nunca se había sentido un olor que no se pudiera vender, permanecía indiferente a la novedad de la jaula. Su esposa, torturada por la obsesión de la muerte, cerró puertas y ventanas después del almuerzo y yació dos horas con los ojos abiertos en la penumbra del cuarto, mientras José Montiel hacía la siesta. Así la sorprendió un alboroto de muchas voces. Entonces abrió la puerta de la sala y vio un tumulto frente a la casa, y a Baltazar con la jaula en medio del tumulto, vestido de blanco y acabado de afeitar, con esa expresión de decoroso candor con que los pobres llegan a la casa de los ricos.

—Qué cosa tan maravillosa —exclamó la esposa de José Montiel, con una expresión radiante, conduciendo a Baltazar hacia el interior—. No había visto nada igual en mi vida —dijo, y agregó, indignada con la multitud que se agolpaba en la puerta—: Pero llévesela para adentro que nos van a convertir la sala en una gallera.

Baltazar no era un extraño en la casa de José Montiel. En distintas ocasiones, por su eficacia y buen cumplimiento, había sido llamado para hacer trabajos de carpintería menor. Pero nunca se sintió bien entre los ricos. Solía pensar en ellos, en sus mujeres feas y conflictivas, en sus tremendas operaciones quirúrgicas, y experimentaba siempre un sentimiento de piedad. Cuando entraba en sus casas no podía moverse sin arrastrar los pies.

—¿Está Pepe? —preguntó.

Había puesto la jaula en la mesa del comedor.

—Está en la escuela —dijo la mujer de José Montiel—. Pero ya no debe demorar. —Y agregó—: Montiel se está bañando.

En realidad José Montiel no había tenido tiempo de bañarse. Se estaba dando una urgente fricción de alcohol alcanforado para salir a ver lo que pasaba. Era un hombre tan prevenido, que dormía sin ventilador eléctrico para vigilar durante el sueño los rumores de la casa.

—Adelaida —gritó—. ¿Qué es lo que pasa?

—Ven a ver qué cosa maravillosa —gritó su mujer.

José Montiel —corpulento y peludo, la toalla colgada en la nuca— se asomó por la ventana del dormitorio.

—¿Qué es eso?

—La jaula de Pepe —dijo Baltazar.

La mujer lo miró perpleja.

—¿De quién?

—De Pepe —confirmó Baltazar. Y después dirigiéndose a José Montiel—: Pepe me la mandó a hacer.

Nada ocurrió en aquel instante, pero Baltazar se sintió como si le hubieran abierto la puerta del baño. José Montiel salió en calzoncillos del dormitorio.

—Pepe —gritó.

—No ha llegado —murmuró su esposa, inmóvil.

Pepe apareció en el vano de la puerta. Tenía unos doce años y las mismas pestañas rizadas y el quieto patetismo de su madre.

—Ven acá —le dijo José Montiel—. ¿Tú mandaste a hacer esto?

El niño bajó la cabeza. Agarrándolo por el cabello, José Montiel lo obligó a mirarlo a los ojos.

—Contesta.

El niño se mordió los labios sin responder.

—Montiel —susurró la esposa.

José Montiel soltó al niño y se volvió hacia Baltazar con una expresión exaltada.

—Lo siento mucho, Baltazar —dijo—. Pero has debido consultarlo conmigo antes de proceder. Sólo a ti se te ocurre contratar con un menor. —A medida que hablaba, su rostro fue recobrando la serenidad. Levantó la jaula sin mirarla y se la dio a Baltazar—. Llévatela en seguida y trata de vendérsela a quien puedas —dijo—. Sobre todo, te ruego que no me discutas. —Le dio una palmadita en la espalda, y explicó—: El médico me ha prohibido coger rabia.

El niño había permanecido inmóvil, sin parpadear, hasta que Baltazar lo miró perplejo con la jaula en la mano. Entonces emitió un sonido gutural, como el ronquido de un perro, y se lanzó al suelo dando gritos.

José Montiel lo miraba impasible, mientras la madre trataba de apaciguarlo.

—No lo levantes —dijo—. Déjalo que se rompa la cabeza contra el suelo y después le echas sal y limón para que rabie con gusto.

El niño chillaba sin lágrimas, mientras su madre lo sostenía por las muñecas.

—Déjalo —insistió José Montiel.

Baltazar observó al niño como hubiera observado la agonía de un animal contagioso. Eran casi las cuatro. A esa hora, en su casa, Úrsula cantaba una canción muy antigua, mientras cortaba rebanadas de cebolla.

—Pepe —dijo Baltazar.

Se acercó al niño, sonriendo, y le tendió la jaula. El niño se incorporó de un salto, abrazó la jaula, que era casi tan grande como él, y se quedó mirando a Baltazar a través del tejido metálico, sin saber qué decir. No había derramado una lágrima.

—Baltazar —dijo Montiel, suavemente—. Ya te dije que te la lleves.

—Devuélvela —ordenó la mujer al niño.

—Quédate con ella —dijo Baltazar. Y luego, a José Montiel—: Al fin y al cabo, para eso la hice.

José Montiel lo persiguió hasta la sala.

—No seas tonto, Baltazar —decía, cerrándole el paso—. Llévate tu trasto para la casa y no hagas más tonterías. No pienso pagarte ni un centavo.

—No importa —dijo Baltazar—. La hice expresamente para regalársela a Pepe. No pensaba cobrar nada.

Cuando Baltazar se abrió paso a través de los curiosos que bloqueaban la puerta, José Montiel daba gritos en el centro de la sala. Estaba muy pálido y sus ojos empezaban a enrojecer.

—Estúpido —gritaba—. Llévate tu cacharro. Lo último que faltaba es que un cualquiera venga a dar órdenes en mi casa. ¡Carajo!

En el salón de billar recibieron a Baltazar con una ovación. Hasta ese momento, pensaba que había hecho una jaula mejor que las otras, que había tenido que regalársela al hijo de José Montiel para que no siguiera llorando, y que ninguna de esas cosas tenía nada de particular. Pero luego se dio cuenta de que todo eso tenía una cierta importancia para muchas personas, y se sintió un poco excitado.

—De manera que te dieron cincuenta pesos por la jaula.

—Sesenta —dijo Baltazar.

—Hay que hacer una raya en el cielo —dijo alguien—. Eres el único que ha logrado sacarle ese montón de plata a don Chepe Montiel. Esto hay que celebrarlo.

Le ofrecieron una cerveza, y Baltazar correspondió con una tanda para todos. Como era la primera vez que bebía, al anochecer estaba completamente borracho, y hablaba de un fabuloso proyecto de mil jaulas de a sesenta pesos, y después de un millón de jaulas hasta completar sesenta millones de pesos.

—Hay que hacer muchas cosas para vendérselas a los ricos antes que se mueran —decía, ciego de la borrachera—. Todos están enfermos y se van a morir. Cómo estarán de jodidos que ya ni siquiera pueden coger bien.

Durante dos horas el tocadiscos automático estuvo por su cuenta tocando sin parar. Todos brindaron por la salud de Baltazar, por su suerte y su fortuna, y por la muerte de los ricos, pero a la hora de la comida lo dejaron solo en el salón.

Úrsula lo había esperado hasta las ocho, con un plato de carne frita cubierta de rebanadas de cebolla. Alguien le dijo que su marido estaba en el salón de billar, loco de felicidad, brindando cerveza a todo el mundo, pero no lo creyó porque Baltazar no se había emborrachado jamás. Cuando se acostó, casi a la medianoche, Baltazar estaba en un salón iluminado, donde había mesitas de cuatro puestos con sillas alrededor, y una pista de baile al aire libre, por donde se paseaban los alcaravanes. Tenía la cara embadurnada de colorete, y como no podía dar un paso más pensaba que quería acostarse con dos mujeres en la misma cama. Había gastado tanto, que tuvo que dejar el reloj como garantía, con el compromiso de pagar al día siguiente. Un momento después, despatarrado por la calle, se dio cuenta de que le estaban quitando los zapatos, pero no quiso abandonar el sueño más feliz de su vida. Las mujeres que pasaron para la misa de cinco no se atrevieron a mirarlo, creyendo que estaba muerto.

En *Los funerales de la mamá grande,* (1962).

Tomado de: *Los funerales de la mamá grande.*

Sudamericana, Buenos Aires, 1979.

Gabriel García Márquez

La culpa es de los tlaxcaltecas

Elena Garro

Nacha oyó que llamaban en la puerta de la cocina y se quedó quieta. Cuando volvieron a insistir abrió con sigilo y miró la noche. La señora Laura apareció con un dedo en los labios en señal de silencio. Todavía llevaba el traje blanco quemado y sucio de tierra y sangre.

—¡Señora!... —suspiró Nacha.

La señora Laura entró de puntillas y miró con ojos interrogantes a la cocinera. Luego, confiada, se sentó junto a la estufa y miró su cocina como si no la hubiera visto nunca.

—Nachita, dame un cafecito... Tengo frío.

—Señora, el señor... el señor la va a matar. Nosotros ya la dábamos por muerta.

—¿Por muerta?

Laura miró con asombro los mosaicos blancos de la cocina, subió las piernas sobre la silla, se abrazó las rodillas y se quedó pensativa. Nacha puso a hervir el agua para hacer el café y miró de reojo a su patrona; no se le ocurrió ni una palabra más. La señora recargó la cabeza sobre las rodillas, parecía muy triste.

—¿Sabes, Nacha? La culpa es de los tlaxcaltecas.

Nacha no contestó, prefirió mirar el agua que no hervía.

Afuera la noche desdibujaba a las rosas del jardín y ensombrecía a las higueras. Muy atrás de las ramas brillaban las ventanas iluminadas de las casas vecinas. La cocina estaba separada del mundo por un muro invisible de tristeza, por un compás de espera.

—¿No estás de acuerdo, Nacha?

—Sí, señora...

—Yo soy como ellos: traidora... —dijo Laura con melancolía.

La cocinera se cruzó de brazos en espera de que el agua soltara los hervores.

—¿Y tú, Nachita, eres traidora?

La miró con esperanzas. Si Nacha compartía su calidad traidora, la entendería, y Laura necesitaba que alguien la entendiera esa noche.

Nacha reflexionó unos instantes, se volvió a mirar el agua que empezaba a hervir con estrépito, la sirvió sobre el café y el aroma caliente la hizo sentirse a gusto cerca de su patrona.

—Sí, yo también soy traicionera, señora Laurita.

Contenta, sirvió el café en una tacita blanca, le puso dos cuadritos de azúcar y lo colocó en la mesa, frente a la señora. Ésta, ensimismada, dio unos sorbitos.

—¿Sabes, Nachita? Ahora sé por qué tuvimos tantos accidentes en el famoso viaje a Guanajuato. En Mil Cumbres se nos acabó la gasolina. Margarita se asustó porque ya estaba anocheciendo. Un camionero nos regaló una poquita para llegar a Morelia. En Cuitzeo, al cruzar el puente blanco, el coche se paró de repente. Margarita se disgustó conmigo, ya sabes que le dan miedo los caminos vacíos y los ojos de los indios.

Cuando pasó un coche lleno de turistas, ella se fue al pueblo a buscar un mecánico y yo me quedé en la mitad del puente blanco, que atraviesa el lago seco con fondo de lajas blancas. La luz era muy blanca y el puente, las lajas y el automóvil empezaron a flotar en ella. Luego la luz se partió en varios pedazos para convertirse en miles de puntitos y empezó a girar hasta que se quedó fija como un retrato. El tiempo había dado la vuelta completa, como cuando ves una tarjeta postal y luego la vuelves para ver lo que hay escrito atrás. Así llegué en el lago de Cuitzeo, hasta la otra niña que fui. La luz produce esas catástrofes, cuando el sol se vuelve blanco y uno está en el mismo centro de sus rayos. Los pensamientos también se vuelven mil puntitos, y uno sufre vértigo. Yo, en ese momento, miré el tejido de mi vestido blanco y en ese instante oí sus pasos. No me asombré. Levanté los ojos y lo vi venir. En ese instante, también recordé la magnitud de mi traición, tuve miedo y quise huir. Pero el tiempo se cerró alrededor de mí, se volvió único y perecedero y no pude moverme del asiento del automóvil. "Alguna vez te encontrarás frente a tus acciones convertidas en piedras irrevocables como ésa", me dijeron de niña al enseñarme la imagen de un dios, que ahora no recuerdo cuál era. Todo se olvida, ¿verdad Nachita?, pero se olvida sólo por un tiempo. En aquel entonces también las palabras me parecieron de piedra, sólo que de una piedra fluida y cristalina. La piedra se solidificaba al terminar cada palabra, para quedar escrita para siempre en el tiempo. ¿No eran así las palabras de tus mayores?

Nacha reflexionó unos instantes, luego asintió convencida.

—Así eran, señora Laurita.

—Lo terrible es, lo descubrí en ese instante, que todo lo increíble es verdadero. Allí venía él, avanzando por la orilla del puente, con la piel ardida por el sol y el peso de la derrota sobre los hombros desnudos. Sus pasos sonaban como hojas secas. Traía los ojos brillantes. Desde lejos me llegaron sus chispas negras y vi ondear sus cabellos negros en medio de la luz blanquísima del encuentro. Antes de que pudiera evitarlo lo tuve frente a mis ojos. Se detuvo, se cogió de la portezuela del coche y me miró. Tenía una cortada en la mano izquierda, los cabellos llenos de polvo, y por la herida del hombro le escurría una sangre tan roja, que parecía negra. No me dijo nada. Pero yo supe que iba huyendo, vencido. Quiso decirme que yo merecía la muerte, y al mismo tiempo me dijo que mi muerte ocasionaría la suya. Andaba malherido, en busca mía.

—La culpa es de los tlaxcaltecas —le dije.

Él se volvió a mirar al cielo. Después recogió otra vez sus ojos sobre los míos.

—¿Qué te haces? —me preguntó con su voz profunda. No pude decirle que me había casado, porque estoy casada con él. Hay cosas que no se pueden decir, tú lo sabes, Nachita.

—¿Y los otros? —le pregunté.

—Los que salieron vivos andan en las mismas trazas que yo. —Vi que cada palabra le lastimaba la lengua y me callé, pensando en la vergüenza de mi traición.

Elena Garro

—Ya sabes que tengo miedo y que por eso traiciono...

—Ya lo sé —me contestó y agachó la cabeza. Me conoce desde chica, Nacha. Su padre y el mío eran hermanos y nosotros primos. Siempre me quiso, al menos eso dijo y así lo creímos todos. En el puente yo tenía vergüenza. La sangre le seguía corriendo por el pecho. Saqué un pañuelito de mi bolso y sin una palabra, empecé a limpiársela. También yo siempre lo quise, Nachita, porque él es lo contrario de mí: no tiene miedo y no es traidor. Me cogió la mano y me la miró.

—Está muy desteñida, parece una mano de ellos —me dijo

—Hace ya tiempo que no me pega el sol. —Bajó los ojos y me dejó caer la mano. Estuvimos así, en silencio, oyendo correr la sangre sobre su pecho. No me reprochaba nada, bien sabe de lo que soy capaz. Pero los hilitos de su sangre escribían sobre su pecho que su corazón seguía guardando mis palabras y mi cuerpo. Allí supe, Nachita, que el tiempo y el amor son uno solo.

—¿Y mi casa? —le pregunté.

—Vamos a verla —me agarró con su mano caliente, como agarraba a su escudo y me di cuenta de que no lo llevaba. "Lo perdió en la huida", me dije, y me dejé llevar. Sus pasos sonaron en la luz de Cuitzeo iguales que en la otra luz: sordos y apacibles. Caminamos por la ciudad que ardía en las orillas del agua. Cerré los ojos. Ya te dije, Nacha, que soy cobarde. O tal vez el humo y el polvo me sacaron lágrimas. Me senté en una piedra y me tapé la cara con las manos.

—Ya no camino... —le dije.

—Ya llegamos —me contestó. Se puso en cuclillas junto a mí y con la punta de los dedos acarició mi vestido blanco.

—Si no quieres ver cómo quedó, no lo veas —me dijo quedito.

Su pelo negro me hacía sombra. No estaba enojado, nada más estaba triste. Antes nunca me hubiera atrevido a besarlo, pero ahora he aprendido a no tenerle respeto al hombre, y me abracé a su cuello y lo besé en la boca.

—Siempre has estado en la alcoba más preciosa de mi pecho —me dijo. Agachó la cabeza y miró la tierra llena de piedras secas. Con una de ellas dibujó dos rayitas paralelas, que prolongó hasta que se juntaron y se hicieron una sola.

—Somos tú y yo —me dijo sin levantar la vista. Yo, Nachita, me quedé sin palabras.

—Ya falta poco para que se acabe el tiempo y seamos uno solo... por eso te andaba buscando. —Se me había olvidado, Nacha, que cuando se gaste el tiempo, los dos hemos de quedarnos el uno en el otro, para entrar en el tiempo verdadero convertidos en uno solo. Cuando me dijo eso lo miré a los ojos. Antes sólo me atrevía a mirárselos cuando me tomaba, pero ahora, como ya te dije, he aprendido a no respetar los ojos del hombre. También es cierto que no quería ver lo que sucedía a mi alrededor... soy muy cobarde. Recordé los alaridos y volví a oírlos: estridentes, llameantes en mitad de la mañana. También oí los golpes de las piedras y las vi pasar zumbando sobre mi cabeza. Él se puso de rodillas frente a mí y cruzó los brazos sobre mi cabeza para hacerme un tejadito.

Elena Garro

—Éste es el final del hombre —dije.

—Así es —contestó con su voz encima de la mía. Y me vi en sus ojos y en su cuerpo. ¿Sería un venado el que me llevaba hasta su ladera? ¿O una estrella que me lanzaba a escribir señales en el cielo? Su voz escribió signos de sangre en mi pecho y mi vestido blanco quedó rayado como un tigre rojo y blanco.

—A la noche vuelvo, espérame... —suspiró. Agarró su escudo y me miró desde muy arriba.

—Nos falta poco para ser uno —agregó con su misma cortesía.

Cuando se fue, volví a oír los gritos del combate y salí corriendo en medio de la lluvia de piedras y me perdí hasta el coche parado en el puente del Lago de Cuitzeo.

—¿Qué pasa? ¿Estás herida? —me gritó Margarita cuando llegó. Asustada, tocaba la sangre de mi vestido blanco y señalaba la sangre que tenía en los labios y la tierra que se había metido en mis cabellos. Desde otro coche, el mecánico de Cuitzeo me miraba con sus ojos muertos.

—¡Esos indios salvajes!... ¡No se puede dejar sola a una señora! —dijo al saltar de su automóvil, dizque para venir a auxiliarme.

Al anochecer llegamos a la ciudad de México. ¡Cómo había cambiado, Nachita, casi no pude creerlo! A las doce del día todavía estaban los guerreros y ahora ya ni huella de su paso. Tampoco quedaban escombros. Pasamos por el Zócalo silencioso y triste; de la otra plaza, no quedaba ¡nada! Margarita me miraba de reojo. Al llegar a la casa nos abriste tú. ¿Te acuerdas?

Nacha asintió con la cabeza. Era muy cierto que hacía apenas dos meses escasos que la señora Laurita y su suegra habían ido a pasear a Guanajuato. La noche en que volvieron, Josefina la recamarera y ella, Nacha, notaron la sangre en el vestido y los ojos ausentes de la señora, pero Margarita, la señora grande, les hizo señas de que se callaran. Parecía muy preocupada. Más tarde Josefina le contó que en la mesa el señor se le quedó mirando malhumorado a su mujer y le dijo:

—¿Por qué no te cambiaste? ¿Te gusta recordar lo malo?

La señora Margarita, su mamá, ya le había contado lo sucedido y le hizo una seña como diciéndole: "¡Cállate, tenle lástima!".

La señora Laurita no contestó; se acarició los labios y sonrió ladina. Entonces el señor volvió a hablar del presidente López Mateos.

—Ya sabes que ese nombre no se le cae de la boca —había comentado Josefina, desdeñosamente.

En sus adentros ellas pensaban que la señora Laurita se aburría oyendo hablar siempre del señor Presidente y de las visitas oficiales.

—¡Lo que son las cosas, Nachita, yo nunca había notado lo que me aburría con Pablo hasta esa noche! —comentó la señora abrazándose con cariño las rodillas y dándoles súbitamente la razón a Josefina y a Nachita.

La cocinera se cruzó de brazos y asintió con la cabeza.

—Desde que entré a la casa, los muebles, los jarrones y los espejos se me vinieron encima y me dejaron más triste de lo que venía. ¿Cuántos días, cuántos años tendré que esperar todavía para que mi primo venga a buscarme? Así me dije y me arrepentí de mi traición. Cuando estábamos cenando me fijé en que Pablo no hablaba con palabras sino con letras. Y me puse a contarlas mientras le miraba la boca gruesa y el ojo muerto. De pronto se calló. Ya sabes que se le olvida todo. Se quedó con los brazos caídos. "Este marido nuevo, no tiene memoria y no sabe más que las cosas de cada día".

—Tienes un marido turbio y confuso —me dijo él volviendo a mirar las manchas de mi vestido. La pobre de mi suegra se turbó y como estábamos tomando el café se levantó a poner un *twist*.

—Para que se animen —nos dijo, dizque sonriendo, porque veía venir el pleito.

Nosotros nos quedamos callados. La casa se llenó de ruidos. Yo miré a Pablo. "Se parece a..." y no me atreví a decir su nombre, por miedo a que me oyeran el pensamiento. Es verdad que se le parece, Nacha. A los dos les gusta el agua y las casas frescas. Los dos miran al cielo por las tardes y tienen el pelo negro y los dientes blancos. Pero Pablo habla a saltitos, se enfurece por nada y pregunta a cada instante: "¿En qué piensas?". Mi primo marido no hace ni dice nada de eso.

—¡Muy cierto! ¡Muy cierto que el señor es fregón! —dijo Nacha con disgusto.

Laura suspiró y miró a su cocinera con alivio. Menos mal que la tenía de confidente.

—Por la noche, mientras Pablo me besaba, yo me repetía: "¿A qué horas vendrá a buscarme?". Y casi lloraba al recordar la sangre de la herida que tenía en el hombro. Tampoco podía olvidar los brazos cruzados sobre mi cabeza para hacerme un tejadito. Al mismo tiempo tenía miedo de que Pablo notara que mi primo me había besado en la mañana. Pero no notó nada y si no hubiera sido por Josefina que me asustó en la mañana, Pablo nunca lo hubiera sabido.

Nachita estuvo de acuerdo. Esa Josefina con su gusto por el escándalo tenía la culpa de todo. Ella, Nacha, bien se lo dijo: "¡Cállate! ¡Cállate por el amor de Dios, si no oyeron nuestros gritos por algo sería!". Pero, qué esperanzas, Josefina apenas entró a la pieza de los patrones con la bandeja del desayuno, soltó lo que debería haber callado.

—¡Señora, anoche un hombre estuvo espiando por la ventana de su cuarto! ¡Nacha y yo gritamos y gritamos!

—No oímos nada... —dijo el señor, asombrado.

—¡Es él...! —gritó la tonta de la señora.

—¿Quién es él? —preguntó el señor mirando a la señora como si la fuera a matar. Al menos eso dijo Josefina después.

La señora, asustadísima, se tapó la boca con la mano y cuando el señor le volvió a hacer la misma pregunta, cada vez con más enojo, ella contestó:

—El indio... el indio que me siguió desde Cuitzeo hasta la ciudad de México.

Así supo Josefina del indio y así se lo contó a Nachita.

—¡Hay que avisarle inmediatamente a la policía! —gritó el señor.

Josefina le enseñó la ventana por la que el desconocido había estado fisgando y Pablo la examinó con atención: en el alféizar había huellas de sangre casi frescas.

—Está herido... —dijo el señor Pablo, preocupado. Dio unos pasos por la recámara y se detuvo frente a su mujer.

—Era un indio, señor —dijo Josefina corroborando las palabras de Laura.

Pablo vio el traje blanco tirado sobre una silla y lo cogió con violencia.

—¿Puedes explicarme el origen de estas manchas?

La señora se quedó sin habla, mirando las manchas de sangre sobre el pecho de su traje y el señor golpeó la cómoda con el puño cerrado. Luego se acercó a la señora y le dio una santa bofetada. Eso lo vio y lo oyó Josefina.

—Sus gestos son feroces y su conducta es tan incoherente como sus palabras. Yo no tengo la culpa de que aceptara la derrota —dijo Laura con desdén.

—Muy cierto —afirmó Nachita.

Se produjo un largo silencio en la cocina. Laura metió la punta del dedo hasta el fondo de la taza, para sacar el pozo negro del café que se había quedado asentado, y Nacha al ver esto volvió a servirle un café calientito.

—Bébase su café, señora —dijo compadecida de la tristeza de su patrona. ¿Después de todo de qué se quejaba el señor? A leguas se veía que la señora Laurita no era para él.

—Yo me enamoré de Pablo en una carretera, durante un minuto en el cual me recordó a alguien conocido, a quien yo no recordaba. Después, a veces, recuperaba aquel instante en el que parecía que iba a convertirse en ese otro al cual se parecía. Pero no era verdad.

Inmediatamente volvía a ser absurdo, sin memoria, y sólo repetía los gestos de todos los hombres de la ciudad de México. ¿Cómo querías que no me diera cuenta del engaño? Cuando se enoja me prohíbe salir. ¡A ti te consta! ¿Cuántas veces arma pleitos en los cines y en los restaurantes? Tú lo sabes, Nachita. En cambio mi primo marido, nunca, pero nunca, se enoja con la mujer.

Nacha sabía que era cierto lo que ahora le decía la señora, por eso aquella mañana en que Josefina entró en la cocina espantada y gritando: "¡Despierta a la señora Margarita, que el señor está golpeando a la señora!", ella, Nacha, corrió al cuarto de la señora grande.

La presencia de su madre calmó al señor Pablo. Margarita se quedó muy asombrada al oír lo del indio, porque ella no lo había visto en el Lago de Cuitzeo, sólo había visto la sangre como la que podíamos ver todos.

—Tal vez en el lago tuviste una insolación, Laura, y te salió sangre por las narices. Fíjate, hijo, que llevábamos el coche descubierto —dijo casi sin saber qué decir.

La señora Laura se tendió boca abajo en la cama y se encerró en sus pensamientos, mientras su marido y su suegra discutían.

—¿Sabes, Nachita, lo que yo estaba pensando esa mañana? ¿Y si me vio anoche cuando Pablo me besaba? Y tenía ganas de llorar. En ese momento me acordé de que cuando un hombre y una mujer se aman y no tienen hijos están condenados a convertirse en uno solo. Así me lo decía mi otro padre, cuando yo le llevaba el agua y él miraba la puerta detrás de la que dormíamos mi primo marido y yo. Todo lo que mi otro padre me había dicho ahora se estaba haciendo verdad. Desde la almohada oí las palabras de Pablo y de Margarita y no eran sino tonterías. "Lo voy a ir a buscar", me dije. "Pero ¿adónde?". Más tarde cuando tú volviste a mi cuarto a preguntarme qué hacíamos de comida, me vino un pensamiento a la cabeza: "¡Al café de Tacuba!". Y ni siquiera conocía ese café, Nachita, sólo lo había oído mentar.

Nacha recordó a la señora como si la viera ahora, poniéndose su vestido blanco manchado de sangre, el mismo que traía en ese momento en la cocina.

—¡Por Dios, Laura, no te pongas ese vestido! —le dijo su suegra. Pero ella no hizo caso. Para esconder las manchas, se puso un sweater blanco encima, se lo abotonó hasta el cuello y se fue a la calle sin decir adiós. Después vino lo peor. No, lo peor no. Lo peor iba a venir ahora en la cocina, si la señora Margarita se llegaba a despertar.

—En el café de Tacuba no había nadie. Es muy triste ese lugar, Nachita. Se me acercó el camarero. "¿Qué le sirvo?". Yo no quería nada, pero tuve que pedir algo. "Una cocada". Mi primo y yo comíamos cocos de chiquitos... En el café un reloj marcaba el tiempo. "En todas las ciudades hay relojes que marcan el tiempo, se debe estar gastando a pasitos. Cuando ya no quede sino una capa transparente, llegará él y las dos rayas dibujadas se volverán una sola y yo habitaré la alcoba más preciosa de su pecho". Así me decía mientras comía la cocada.

—¿Qué horas son? —le pregunté al camarero.

—La doce, señorita.

"A la una llega Pablo", me dije; "si le digo a un taxi que me lleve por el periférico, puedo esperar todavía un rato". Pero no esperé y me salí a la calle. El sol estaba plateado, el pensamiento se me hizo un polvo brillante y no hubo presente, pasado ni futuro. En la acera estaba mi primo, se me puso delante, tenía los ojos tristes, me miró largo rato.

—¿Qué haces? —me preguntó con voz profunda.

—Te estaba esperando.

Se quedó quieto como las panteras. Le vi el pelo negro y la herida roja en el hombro.

—¿No tenías miedo de estar aquí solita?

Las piedras y los gritos volvieron a zumbar alrededor nuestro y yo sentí que algo ardía a mis espaldas.

—No mires —me dijo.

Puso una rodilla en tierra y con los dedos apagó mi vestido que empezaba a arder. Le vi los ojos muy afligidos.

—¡Sácame de aquí! —le grité con todas mis fuerzas, porque me acordé de que estaba frente a la casa de mi papá, que la casa estaba ardiendo y que atrás de mí estaban mis padres y mis hermanitos muertos. Todo lo veía retratado en sus ojos, mientras él estaba con la rodilla hincada en tierra apagando mi vestido. Me dejé caer sobre él, que me recibió en sus brazos. Con su mano caliente me tapó los ojos.

—Éste es el final del hombre —le dije con los ojos en su mano.

—¡No lo veas!

Me guardó contra su corazón. Yo lo oí sonar como rueda el trueno sobre las montañas. ¿Cuánto faltaría para que el tiempo se acabara y yo pudiera oírlo siempre? Mis lágrimas refrescaron su mano que ardía en el incendio de la ciudad. Los alaridos y las piedras nos cercaban, pero yo estaba a salvo bajo su pecho.

—Duerme conmigo... —me dijo en voz muy baja.

—¿Me viste anoche? —le pregunté.

—Te vi...

Nos dormimos en la luz de la mañana, en el calor del incendio. Cuando recordamos, se levantó y agarró su escudo.

—Escóndete hasta el amanecer. Yo vendré por ti.

Se fue corriendo ligero sobre sus piernas desnudas... Y yo me escapé otra vez, Nachita, porque sola tuve miedo.

—Señorita, ¿se siente mal?

Una voz igual a la de Pablo se me acercó a media calle.

—¡Insolente! ¡Déjeme tranquila!

Tomé un taxi que me trajo a la casa por el periférico y llegué...

Nacha recordó su llegada: ella misma le había abierto la puerta. Y ella fue la que le dio la noticia. Josefina bajó después, desbarrancándose por las escaleras.

—¡Señora, el señor y la señora Margarita están en la policía!

Laura se quedó mirando asombrada, muda.

—¿Dónde anduvo, señora?

—Fui al café de Tacuba.

—Pero eso fue hace dos días.

Josefina traía el *Últimas Noticias*. Leyó en voz alta: "La señora Aldama continúa desaparecida. Se cree que el siniestro individuo de aspecto indígena que la siguió desde Cuitzeo, sea un sádico. La policía investiga en los estado de Michoacán y Guanajuato".

La señora Laurita arrebató el periódico de las manos de Josefina y lo desgarró con ira. Luego se fue a su cuarto. Nacha y Josefina la siguieron, era mejor no dejarla sola. La vieron echarse en su cama y soñar con los ojos muy abiertos. Las dos tuvieron el mismo pensamiento y así se lo dijeron después en la cocina: "Para mí, la señora Laurita anda enamorada". Cuando el señor llegó ellas estaban todavía en el cuarto de su patrona.

—¡Laura! —gritó. Se precipitó a la cama y tomó a su mujer en sus brazos.

—¡Alma de mi alma! —sollozó el señor.

La señora Laurita pareció enternecida unos segundos.

—¡Señor! —gritó Josefina—. El vestido de la señora está bien chamuscado.

Nacha la miró desaprobándola. El señor revisó el vestido y las piernas de la señora.

—Es verdad... también las suelas de sus zapatos están ardidas. Mi amor, ¿qué pasó?, ¿dónde estuviste?

—En el café de Tacuba —contestó la señora, muy tranquila.

La señora Margarita se torció las manos y se acercó a su nuera.

—Ya sabemos que anteayer estuviste allí y comiste una cocada. ¿Y luego?

—Luego tomé un taxi y me vine para acá por el periférico.

Nacha bajó los ojos, Josefina abrió la boca como para decir algo y la señora Margarita se mordió los labios.

Pablo, en cambio, agarró a su mujer por los hombros y la sacudió con fuerza.

—¡Déjate de hacer la idiota! ¿En dónde estuviste dos días?... ¿Por qué traes el vestido quemado?

—¿Quemado? Si él lo apagó... —dejó escapar la señora Laura.

—¿Él?... ¿El indio asqueroso? —Pablo la volvió a zarandear con ira.

—Me lo encontré a la salida del café de Tacuba... —sollozó la señora, muerta de miedo.

—¡Nunca pensé que fueras tan baja! —dijo el señor y la aventó sobre la cama.

—Dinos quién es —preguntó la suegra suavizando la voz.

—¿Verdad, Nachita, que no podía decirles que era mi marido? —preguntó Laura pidiendo la aprobación de la cocinera.

Nacha aplaudió la discreción de su patrona y recordó que aquel mediodía, ella, apenada por la situación de su ama, había opinado:

—Tal vez el indio de Cuitzeo es un brujo.

Pero la señora Margarita se había vuelto a ella con ojos fulgurantes para contestarle casi a gritos:

—¿Un brujo? ¡Dirás un asesino!

Después, en muchos días no dejaron salir a la señora Laurita. El señor ordenó que se vigilaran las puertas y ventanas de la casa. Ellas, las sirvientas, entraban continuamente al cuarto de la señora para echarle un vistazo. Nacha se negó siempre a exteriorizar su opinión sobre el caso o a decir las anomalías que sorprendía. Pero, ¿quién podía callar a Josefina?

—Señor, al amanecer, el indio estaba otra vez junto a la ventana —anunció al llevar la bandeja con el desayuno.

El señor se precipitó a la ventana y encontró otra vez la huella de sangre fresca. La señora se puso a llorar.

—¡Pobrecito!... ¡pobrecito!... —dijo entre sollozos.

Fue esa tarde cuando el señor llegó con un médico. Después el doctor volvió todos los atardeceres.

—Me preguntaba por mi infancia, por mi padre y por mi madre. Pero, yo, Nachita, no sabía de cuál infancia, ni de cuál padre, ni de cuál madre quería saber. Por eso le platicaba de la conquista de México. ¿Tú me entiendes, verdad? —preguntó Laura con los ojos puestos sobre las cacerolas amarillas.

—Sí, señora... —y Nachita, nerviosa, escrutó el jardín a través de los vidrios de la ventana. La noche apenas si dejaba ver entre sus sombras. Recordó la cara desganada del señor frente a su cena y la mirada acongojada de su madre.

—Mamá, Laura le pidió al doctor *La conquista de México* de Bernal Díaz del Castillo. Dice que es lo único que le interesa.

La señora Margarita había dejado caer el tenedor.

—¡Pobre hijo mío, tu mujer está loca!

—No habla sino de la caída de la Gran Tenochtitlán —agregó el señor Pablo con aire sombrío.

Dos días después, el médico, la señora Margarita y el señor Pablo decidieron que la depresión de Laura aumentaba con el encierro. Debía tomar contacto con el mundo y enfrentarse con sus responsabilidades. Desde ese día, el señor mandaba el automóvil para que su mujer saliera a dar paseítos por el Bosque de Chapultepec. La señora salía acompañada de su suegra y el chofer tenía órdenes de vigilarlas estrechamente. Sólo que el aire de los eucaliptos no la mejoraba, pues apenas volvía a su casa, la señora Laurita se encerraba en su cuarto para leer *La conquista de México* de Bernal Díaz.

Una mañana la señora Margarita regresó del Bosque de Chapultepec sola y desamparada.

—¡Se escapó la loca! —gritó con voz estentórea al entrar a la casa.

—Fíjate, Nacha, me senté en la misma banquita de siempre y me dije: "No me lo perdona. Un hombre puede perdonar una, dos, tres, cuatro traiciones, pero la traición permanente, no". Este pensamiento me dejó muy triste. Hacía calor y Margarita se compró un helado de vainilla; yo no quise, entonces ella se metió al automóvil a comerlo. Me fijé que estaba tan aburrida de mí, como yo de ella. A mí no me gusta que me vigilen y traté de ver otras cosas para no verla comiendo su barquillo y mirándome. Vi el heno gris que colgaba de los ahuehuetes y no sé por qué, la mañana se volvió tan triste como esos árboles. "Ellos y yo hemos visto las mismas catástrofes", me dije. Por la calzada vacía, se paseaban las horas solas. Como las horas estaba yo: sola en una calzada vacía. Mi marido había contemplado por la ventana mi traición permanente y me había abandonado en esa calzada hecha de cosas que no existían. Recordé el olor de las hojas de maíz y el rumor sosegado de su pasos. "Así caminaba, con el ritmo de las hojas secas cuando el viento de febrero las lleva sobre las piedras. Antes no necesitaba volver la cabeza para saber que él estaba ahí mirándome las espaldas"... Andaba en esos tristes pensamientos, cuando oí correr al sol y las hojas secas empezaron a cambiar de sitio. Su respiración se acercó a mis espaldas, luego se puso frente a mí, vi sus pies desnudos delante de los míos. Tenía un arañazo en la rodilla. Levanté los ojos y me hallé bajo los suyos. Nos quedamos mucho rato sin hablar. Por respeto yo esperaba sus palabras.

—¿Qué te haces? —me dijo.

Vi que no se movía y que parecía más triste que antes.

—Te estaba esperando —contesté.

—Ya va a llegar el último día...

Me pareció que su voz salía del fondo de los tiempos. Del hombro le seguía brotando sangre. Me llené de vergüenza, bajé los ojos, abrí mi bolso y saqué un pañuelito para limpiarle el pecho. Luego lo volví a guardar. Él siguió quieto, observándome.

—Vamos a la salida de Tacuba... Hay muchas traiciones.

Me agarró de la mano y nos fuimos caminando entre la gente, que gritaba y se quejaba. Había muchos muertos que flotaban en el agua de los canales. Había mujeres sentadas en la hierba mirándolos flotar. De todas partes surgía la pestilencia y los niños lloraban corriendo de un lado para otro, perdidos de sus padres. Yo miraba todo sin querer verlo. Las canoas despedazadas no llevaban a nadie, sólo daban tristeza. El marido me sentó debajo de un árbol roto. Puso una rodilla en tierra y miró alerta lo que sucedía a nuestro alrededor. Él no tenía miedo. Después me miró a mí.

—Ya sé que eres traidora y que me tienes buena voluntad. Lo bueno crece junto a lo malo.

Los gritos de los niños apenas me dejaban oírlo. Venían de lejos, pero eran tan fuertes que rompían la luz del día. Parecía que era la última vez que iban a llorar.

—Son las criaturas... —me dijo.

—Éste es el final del hombre —repetí, porque no se me ocurría otro pensamiento.

Él me puso las manos sobre los oídos y luego me guardó contra su pecho.

—Traidora te conocí y así te quise.

—Naciste sin suerte —le dije. Me abracé a él. Mi primo marido cerró los ojos para no dejar correr las lágrimas. Nos acostamos sobre las ramas rotas del pirú. Hasta allí nos llegaron los gritos de los guerreros, las piedras y los llantos de los niños.

—El tiempo se está acabando... —suspiró mi marido.

Por una grieta se escapaban las mujeres que no querían morir junto con la fecha. Las filas de hombres caían una después de la otra, en cadena como si estuvieran cogidos de la mano y el mismo golpe los derribara a todos. Algunos daban un alarido tan fuerte, que quedaba resonando mucho rato después de su muerte.

Faltaba poco para que nos fuéramos para siempre en uno solo cuando mi primo se levantó, me juntó ramas y me hizo una cuevita.

—Aquí me esperas.

Me miró y se fue a combatir con la esperanza de evitar la derrota. Yo me quedé acurrucada. No quise ver a las gentes que huían, para no tener la tentación, ni tampoco quise ver a los muertos que flotaban en el agua para no llorar. Me puse a contar los frutitos que colgaban de las ramas cortadas: estaban secos y cuando los tocaba con los dedos, la cáscara roja se les caía. No sé por qué me parecieron de mal agüero y preferí mirar el cielo, que empezó a oscurecerse. Primero se puso pardo, luego empezó a coger el color de los ahogados de los canales. Me quedé recordando los colores de otras tardes. pero la tarde siguió amoratándose, hinchándose, como si de pronto fuera a reventar y supe que se había acabado el tiempo. Si mi primo no volvía, ¿qué sería de mí? Tal vez que ya estaba muerto en el combate. No me importó su suerte y me salí de allí a toda carrera perseguida por el miedo. "Cuando llegue y me busque..." No tuve tiempo de acabar mi pensamiento porque me hallé en el anochecer de México. "Margarita ya se debe haber acabado su helado de vainilla y Pablo debe de estar muy enojado...". Un taxi me trajo por el periférico. ¿Y sabes, Nachita?, los periféricos eran los canales infestados de cadáveres... por eso llegué tan triste... Ahora, Nachita, no le cuentes al señor que me pasé la tarde con mi marido.

Nachita se acomodó los brazos sobre la falda lila.

—El señor Pablo hace ya diez días que se fue a Acapulco. Se quedó muy flaco con las semanas que duró la investigación —explicó Nachita, satisfecha.

Laura la miró sin sorpresa y suspiró con alivio.

—La que está arriba es la señora Margarita —agregó Nacha, volviendo los ojos hacia el techo de la cocina.

Laura se abrazó las rodillas y miró por los cristales de la ventana a las rosas borradas por las sombras nocturnas y a las ventanas vecinas que empezaban a apagarse.

Nachita se sirvió sal sobre el dorso de la mano y la comió golosa.

—¡Cuánto coyote! ¡Anda muy alborotada la coyotada! —dijo con la voz llena de sal.

Laura se quedó escuchando unos instantes.

—Malditos animales, los hubieras visto hoy en la tarde —dijo.

—Con tal de que no estorben el paso del señor, o que le equivoquen el camino —comentó Nachita con miedo.

—Si nunca los temió, ¿por qué había de temerlos esta noche? —preguntó Laura, molesta.

Nacha se aproximó a su patrona para estrechar la intimidad súbita que se había establecido entre ellas.

—Son más canijos que los tlaxcaltecas —le dijo en voz muy baja.

Las dos mujeres se quedaron quietas. Nacha devorando poco a poco otro puñito de sal. Laura escuchando preocupada los aullidos de los coyotes que llenaban la noche. Fue Nacha la que lo vio llegar y le abrió la ventana.

—¡Señora!... Ya llegó por usted... —le susurró en una voz tan baja que sólo Laura pudo oírla.

Después, cuando Laura se había ido para siempre con él, Nachita limpió la sangre de la ventana y espantó a los coyotes, que entraron en su siglo que acababa de gastarse en ese instante. Nacha miró con sus ojos viejísimos, para ver si todo estaba en orden: lavó la taza de café, tiró al bote de la basura las colillas manchadas de rojo de labios, guardó la cafetera en la alacena y apagó la luz.

—Yo digo que la señora Laurita no era de este tiempo,

ni era para el señor —dijo en la mañana cuando le llevó el desayuno a la señora Margarita.

—Ya no me hallo en casa de los Aldama. Voy a buscarme otro destino —le confió a Josefina. Y en un descuido de la recamarera, Nacha se fue hasta sin cobrar su sueldo.

En *La semana de colores* (1964).

Tomado de: *La semana de colores*. Grijalbo, México, 1987.

Viaje a Petrópolis

Clarice Lispector

Era una vieja flaquita que, dulce y obstinada, no parecía comprender que estaba sola en el mundo. Los ojos lagrimeaban siempre, las manos reposaban sobre el vestido negro y opaco, viejo documento de su vida. En la tela ya endurecida se encontraban pequeñas costras de pan pegadas por la baba que ahora le volvía a aparecer en recuerdo de la cuna. Allá estaba una mancha amarillenta de un huevo que había comido hacía dos semanas. Y las marcas de los lugares donde dormía. Siempre encontraba dónde dormir, en casa de uno, en casa de otro. Cuando le preguntaban el nombre, decía con la voz purificada por la debilidad y por larguísimos años de buena educación:

—Muchachita.

Las personas sonreían. Contenta por el interés despertado, explicaba:

—Mi nombre, el nombre verdadero, es Margarita.

El cuerpo era pequeño, oscuro, aunque ella hubiera sido alta y clara. Tuvo padre, madre, marido, dos hijos. Todos poco a poco habían muerto. Sólo ella había quedado con los ojos sucios y expectantes, casi cubiertos por un tenue terciopelo blanco. Cuando le daban alguna limosna, le daban poca, pues era pequeña y realmente no necesitaba comer mucho. Cuando le daban cama para dormir, se la daban angosta y dura, porque Margarita había ido poco a poco perdiendo volumen. Ella tampoco agradecía mucho: sonreía y meneaba la cabeza.

Dormía ahora, no se sabe más por qué motivo, en la pieza de los fondos de una casa grande, en una calle ancha, llena de árboles, en Botafogo.[1] La familia encontraba divertida a Muchachita, pero se olvidaba de ella la mayor parte del tiempo. Es que también se trataba de una vieja misteriosa. Se levantaba de madrugada, arreglaba su cama de enano y se disparaba ligera como si la casa se estuviera quemando. Nadie sabía por dónde andaba. Un día, una de las chicas de la casa le preguntó qué andaba haciendo. Respondió con una sonrisa gentil:

—Paseando.

Les pareció divertido que una vieja, viviendo de la caridad, anduviera paseando. Pero era verdad. Muchachita había nacido en Marañón, donde vivió siempre. Había llegado a Río no hacía mucho, con una señora muy buena que pretendía internarla en un asilo, pero después no pudo ser: la señora viajó para Minas y le dio algún dinero a Muchachita para que se las arreglara en Río. Y la vieja paseaba para ir conociendo la ciudad. Por otra parte, a una persona le bastaba sentarse en una banca de plaza y ya veía Río de Janeiro.

Su vida transcurría así sin problemas, cuando la familia de la casa de Botafogo se sorprendió un día de tenerla en casa desde hacía tanto tiempo, le pareció

Clarice Lispector

---

1 Barrio de Río de Janeiro. (*Nota del traductor.*)

que era demasiado. De algún modo tenían razón. Allí todos estaban muy ocupados; de vez en cuando surgían bodas, fiestas, noviazgos, visitas. Y cuando pasaban atareados junto a la vieja, se quedaban sorprendidos como si se les interrumpiera, abordados con una palmadita en el hombro: "Mira". Sobre todo, una de las muchachas de la casa sentía un irritado malestar; la vieja le disgustaba sin motivo. Sobre todo la sonrisa permanente, aunque la chica comprendiera que se trataba de un rictus inofensivo. Tal vez por falta de tiempo, nadie habló del asunto. Pero en cuanto alguien pensó en mandarla a vivir a Petrópolis, a la casa de la cuñada alemana, hubo una adhesión más animada de la que una vieja podría provocar.

Cuando, pues, el muchacho de la casa fue con la novia y las dos hermanas a pasar un fin de semana a Petrópolis, llevó a la vieja en el coche.

¿Por qué Muchachita no durmió la noche anterior? Ante la idea de un viaje, en el cuerpo endurecido el corazón se desherrumbraba seco y desacompasado, como si ella se hubiera tragado una píldora grande sin agua. En ciertos momentos ni podía respirar. Pasó la noche hablando, a veces en voz alta. La excitación del paseo prometido y el cambio de vida le aclaraban de repente algunas ideas. Se acordó de cosas que días antes hubiera jurado que nunca existieron. Comenzando por el hijo atropellado, muerto bajo un tranvía en Marañón: si él hubiese vivido con el tráfico de Río de Janeiro, seguro que ahí moría atropellado. Se acordó de los cabellos del hijo, de sus ropas. Se acordó de la taza que María Rosa había roto y de cómo ella le había gritado a María Rosa.

Si hubiera sabido que la hija moriría de parto, es claro que no necesitaría gritar. Y se acordó del marido. Sólo recordaba al marido en mangas de camisa. Pero no era posible; estaba segura de que él iba a la dependencia con el uniforme de conserje; iba a fiestas con abrigo, sin contar que no podría haber ido al entierro del hijo y de la hija en mangas de camisa. La búsqueda del abrigo del marido cansó todavía más a la vieja que suavemente daba vueltas en la cama. De pronto descubrió que la cama era dura.

—¡Qué cama tan dura! —dijo en voz muy alta en medio de la noche.

Es que se había sensibilizado totalmente. Partes del cuerpo de las que no tenía conciencia desde hacía mucho tiempo reclamaban ahora su atención. Y de repente, pero ¡qué hambre furiosa! Alucinada, se levantó, desanudó el pequeño envoltorio, sacó un pedazo de pan con mantequilla reseca que había guardado secretamente hacía dos días. Comió el pan como una rata, arañando hasta la sangre los lugares de la boca donde sólo había encía. Y con la comida, cada vez se reanimaba más. Consiguió, aunque fugazmente, tener la visión del marido despidiéndose para ir al trabajo. Sólo después que el recuerdo se desvaneció, vio que se había olvidado de observar si él estaba o no en mangas de camisa. Se acostó de nuevo, rascándose toda irritada. Pasó el resto de la noche en ese juego de ver por un instante y después no conseguir ver más. De madrugada se durmió.

Y por primera vez fue necesario despertarla. Todavía en la oscuridad, la chica vino a llamarla, con pañuelo

anudado en la cabeza y ya de maletín en la mano. Ines-
peradamente, Muchachita pidió unos instantes para peinar sus cabellos. Las manos trémulas aseguraban el peine
roto. Se peinaba, se peinaba. Nunca había sido mujer de
ir a pasear sin antes peinarse bien los cabellos.

Cuando por fin se acercó al automóvil, el muchacho
y las chicas se sorprendieron con su aire alegre y con
los pasos rápidos. "¡Tiene más salud que yo!", bromeó
el muchacho. A la chica de la casa se le ocurrió: "Y yo
que hasta tenía pena de ella".

Muchachita se sentó junto a la ventanilla del auto,
un poco apretada por las dos hermanas acomodadas en
el mismo asiento. Nada decía, sonreía. Pero cuando el
automóvil dio el primer arranque, empujándola hacia
atrás, sintió dolor en el pecho. No era sólo de alegría,
era un desgarramiento. El muchacho se dio vuelta:

—¡No se vaya a marear, abuela!

Las chicas rieron, principalmente la que se había sentado adelante, la que de vez en cuando apoyaba la cabeza en el hombro del muchacho. Por cortesía, la vieja
quiso responder, pero no pudo. Quiso sonreír, no lo consiguió. Los miró a todos, con ojos lagrimeantes, lo que los
otros ya sabían que no significaba llorar. Algo en su rostro amenguó un poco la alegría de la chica de la casa
y le dio un aire obstinado.

El viaje fue muy lindo.

Las chicas estaban contentas. Muchachita ya había
vuelto ahora a sonreír. Y, aunque el corazón latiese
mucho, todo estaba mejor. Pasaron por un cementerio,
pasaron por un almacén, árbol, dos mujeres, un solda-
do, gato, letras, todo engullido por la velocidad.

Cuando Muchachita se despertó, no sabía más adónde estaba. La carretera ya había amanecido totalmente: era estrecha y peligrosa. La boca de la vieja ardía, los pies y las manos se distanciaban helados del resto del cuerpo. Las chicas hablaban, la de adelante había apoyado la cabeza en el hombro del muchacho. Los paquetes se venían abajo constantemente.

Entonces la cabeza de Muchachita comenzó a trabajar. El marido se le apareció con su abrigo –¡lo encontré, lo encontré!–, el abrigo estaba colgado todo el tiempo en el perchero. Se acordó del nombre de la amiga de María Rosa, de la que vivía enfrente: Elvira, y la madre de Elvira, incluso estaba lisiada. Los recuerdos casi le arrancaban una exclamación. Entonces movía los labios despacio y decía por lo bajo algunas palabras.

Las chicas hablaban:

—¡Ah, gracias, un regalo de ésos no lo quiero!

Fue cuando Muchachita comenzó finalmente a no entender. ¿Qué hacía ella en el automóvil?, ¿cómo había conocido a su marido y dónde?, ¿cómo es que la madre de María Rosa y Rafael, la propia madre, estaba en el automóvil con aquella gente? En seguida se acostumbró de nuevo.

El muchacho dijo a las hermanas:

—Me parece mejor que no paremos enfrente, para evitar problemas. Ella baja del auto, uno le muestra dónde es, se va sola y da el recado de que llega para quedarse.

Una de las chicas de la casa se turbó: temía que el hermano, con una incomprensión típica de hombre, hablara demasiado delante de la novia. Ellos no visitaban jamás al hermano de Petrópolis, y mucho menos a la cuñada.

—Y bueno —lo interrumpió a tiempo, antes de que él hablase demasiado—. Mira, Muchachita, entras por aquel callejón y no tienes cómo equivocarte: en la casa de ladrillo rojo, preguntas por Arnaldo, mi hermano, ¿oyes?, Arnaldo. Di que allá, en casa, no podías quedarte ya; di que la casa de Arnaldo tiene lugar y que tú hasta puedes vigilar un poco al chico, ¿eh?...

Muchachita bajó del automóvil, y durante un tiempo se quedó aún de pie, pero como flotando atontada e inmóvil sobre ruedas. El viento fresco le soplaba la falda larga por entre las piernas.

Arnaldo no estaba. Muchachita entró en la salita donde la dueña de casa, con un trapo de limpiar anudado en la cabeza, tomaba café. Un niño rubio —seguramente aquel que Muchachita debería vigilar— estaba sentado ante un plato de tomates y cebollas y comía soñoliento, mientras las piernas blancas y pecosas se balanceaban bajo la mesa. La alemana le llenó el plato de papilla de avena, le puso en la mesa pan tostado con mantequilla. Las moscas zumbaban. Muchachita se sentía débil. Si bebiera un poco de café caliente, tal vez se le pasara el frío del cuerpo.

La alemana la examinaba de vez en cuando en silencio: no había creído la historia de la recomendación de la cuñada, aunque "de allá" todo podía esperarse. Pero tal vez la vieja hubiera oído de alguien la dirección, incluso en un tranvía, por casualidad; eso ocurría a veces, bastaba abrir un diario y ver qué ocurría. Es que aquella historia no estaba nada bien contada, y la vieja tenía un aire avivado, ni siquiera escondía la sonrisa. Lo mejor sería no dejarla sola en la salita, con el armario lleno de loza nueva.

—Antes tengo que tomar el desayuno —le dijo—. Después de que mi marido llegue, veremos lo que se puede hacer.

Muchachita no entendió muy bien, porque la mujer hablaba como gringa. Pero entendió que debía continuar sentada. El olor del café le daba ganas, y un vértigo que oscurecía la sala toda. Los labios ardían secos y el corazón latía independiente. Café, café, miraba sonriendo y lagrimeando. A sus pies el perro se mordía la pata, mostrando los dientes al gruñir. La sirvienta, también medio gringa, alta, de cuello muy fino y senos grandes, trajo un plato de queso blanco y blando. Sin una palabra, la madre aplastó bastante queso en el pan tostado y se acercó al hijo. El chico comió todo y, con la barriga grande, tomó un palillo y se levantó:

—Mami, cien cruceiros.

—No, ¿para qué?

—Chocolate.

—No. Mañana es domingo.

Una pequeña luz iluminó a Muchachita: ¿domingo?, ¿qué hacía en aquella casa en vísperas del domingo? Nunca sabría decirlo. Pero bien que le gustaría hacerse cargo de aquel chico. Siempre le habían gustado los chicos rubios: todo chico rubio se parecía al Niño Jesús. ¿Qué hacía en aquella casa? La mandaban sin motivo de un lado a otro, pero ella contaría todo, iban a ver. Sonrió avergonzada: no contaría nada, porque lo que realmente quería era café.

La dueña de la casa gritó hacia adentro, y la sirvienta indiferente trajo un plato hondo, lleno de papilla oscura. Los gringos comían mucho por la mañana; eso Muchachita lo había visto en Marañón. La dueña de la casa, con su aire sin bromas, porque el gringo en Petrópolis era tan serio como en Marañón, la dueña de la casa sacó una cucharada de queso blanco, lo trituró con el tenedor y lo mezcló con la papilla. Para decir la verdad, porquería propia de gringo. Se puso entonces a comer, absorta, con el mismo aire de hastío que tienen los gringos de Marañón. Muchachita la miraba. El perro mostraba los dientes a las pulgas.

Por fin, Arnaldo apareció en pleno sol, la vitrina brillando. No era rubio. Habló en voz baja con la mujer, y después de demorada confabulación, le dijo firme y curioso a Muchachita:

—No puede ser, aquí no hay lugar, no.

Y como la vieja no protestaba y continuaba sonriendo, él habló más fuerte:

—No hay lugar, ¿entiendes?

Pero Muchachita continuaba sentada. Arnaldo ensayó un gesto. Miró a las dos mujeres en la sala y vagamente sintió lo cómico del contraste. La esposa tensa y colorada. Y más adelante la vieja marchita y oscura, con una sucesión de pieles secas colgadas en los hombros. Ante la sonrisa maliciosa de la vieja, se impacientó:

—¡Y ahora estoy muy ocupado! Te doy dinero y tomas el tren para Río, ¿eh? Vuelves a casa de mi madre, llegas y dices: la casa de Arnaldo no es un asilo, ¿eh?, aquí no hay lugar. Diles así: la casa de Arnaldo no es un asilo, ¿entiendes?

Muchachita aceptó el dinero y se dirigió a la puerta. Cuando Arnaldo ya se iba a sentar para comer, Muchachita reapareció:

—Gracias, Dios le ayude.

En la calle, pensó de nuevo en María Rosa, Rafael, el marido. No sentía la menor nostalgia. Pero se acordaba. Fue hacia la carretera, alejándose cada vez más de la estación. Sonrió como si engañara a alguien: en lugar de volver en seguida, antes iba a pasear un poco. Pasó un hombre. Entonces una cosa muy curiosa, y sin ningún interés, fue iluminada: cuando aún ella era una mujer, los hombres. No conseguía tener una imagen precisa de la figura de los hombres, pero se vio a sí misma con blusas claras y largos cabellos. Le volvió la sed, quemando la garganta. El sol ardía, centelleaba en cada guijarro blanco. La carretera de Petrópolis es muy linda.

En la fuente de piedra negra y mojada, en plena carretera, una negra descalza llenaba una lata de agua.

Muchachita se quedó parada, atisbando. Vio después a la negra juntar las manos y beber.

Cuando la carretera quedó nuevamente vacía, Muchachita se adelantó como si saliera de un escondrijo y se acercó con disimulo a la fuente. Los chorros de agua se escurrieron heladísimos dentro de las mangas hasta los codos, pequeñas gotas brillaban suspendidas en los cabellos.

Saciada, sorprendida, continuó paseando con los ojos más abiertos, atenta a las violentas vueltas que el agua pesada le daba en el estómago, despertando pequeños reflejos como luces en el resto del cuerpo.

La carretera subía mucho. La carretera era más linda que Río de Janeiro, y subía mucho. Muchachita se sentó en una piedra que había junto a un árbol, para poder apreciar. El cielo estaba altísimo, sin una nube. Y había muchos pájaros que volaban del abismo hacia la carretera. La carretera blanca de sol se extendía sobre un abismo verde. Entonces, como estaba cansada, la vieja apoyó la cabeza en el tronco del árbol y murió.

En *La Legión Extranjera* (1964).

Tomado de: *Cuentos reunidos*. Alfaguara, Madrid, 2002.

Traducción: Juan García Gayó.

La tela de araña

Julio Ramón Ribeyro

Cuando María quedó sola en el cuarto, una vez que hubo partido Justa, sintió un extraño sentimiento de libertad. Le pareció que el mundo se dilataba, que las cosas se volvían repentinamente bellas y que su mismo pasado, observado desde este ángulo nuevo, era tan sólo un mal sueño pasajero. Ya a las diez de la noche, al salir sigilosamente de la casa de su patrona, con su bulto de ropa bajo el brazo, adivinó que un momento de expansión se avecinaba. Luego en el taxi, con Justa a su lado que canturreaba, permaneció muda y absorta, embriagada por la aventura. Pero era sólo ahora, al encontrarse en esa habitación perdida, ignorada de todo el mundo, cuando tomó conciencia de su inmensa libertad.

Ella duraría poco, sin embargo, tal vez dos o tres días, hasta que encontrara un nuevo trabajo. Felipe Santos, su protector, se lo había prometido. Ella no conocía, no obstante, a ese Felipe Santos del cual oyera hablar a Justa, sirvienta de la casa vecina.

—Esta noche vendrá a verte —había dicho Justa antes de salir—. Este cuarto es de un hermano suyo que es policía y que está de servicio. Aquí estarás tú hasta que te consiga un nuevo trabajo.

"Aquí viviré yo", se dijo María y observó el cuarto que parecía abrazarla con sus paredes blancas. Había una cama, un espejo colgado en la pared, un cajón a manera de velador y una silla. Es cierto que en casa de doña Gertrudis se encontraba más cómoda y tenía hasta un armario con percha. Pero, en cambio, aquí carecía de obligaciones. Y esto era ya suficiente.

"Mañana", pensó, "cuando llegue el carro de la basura, doña Gertrudis se dará cuenta que me he escapado —y se deleitó con esta idea, como de una broma que su antigua patrona nunca le perdonaría".

Abriendo su bolsa, sacó un peine y comenzó a arreglarse el cabello frente al espejo.

"Es necesario que Felipe Santos me encuentre decente", pensó. "Así dirá que soy capaz de trabajar en una buena residencia, con autos y televisión".

Su rostro redondo como una calabaza apareció ligeramente rosado en el espejo. Era la emoción, sin duda. Un fino bozo le orillaba el labio abultado, aquel labio que el niño Raúl tantas veces se obstinara en besar con los suyos incoloros y secos.

—Acá el niño Raúl nunca te encontrará —había añadido Justa antes de salir, como si se empeñara en darle el máximo de garantías—. Por ese lado puedes estar segura.

"¿Y si me encontrara?", se preguntó María e inconscientemente miró la puerta, donde el grueso cerrojo aparecía corrido.

—Te seguiré donde te vayas —le había jurado él una noche, acorralándola contra el lavadero, como si presintiera que algún día habría de fugarse.

"El muy desgraciado, con su facha de tísico", pensó María y continuó arreglando su pelo negro y revuelto. Detrás del espejo surgió una araña de largas patas. Dio un ligero paseo por la pared y regresó a su refugio.

"El niño Raúl era aficionado a las arañas", recordó de inmediato María. Conduciéndola al jardín, la obligaba a sostenerle la escalera, mientras él espiaba las copas de los cipreses. Él mismo siempre le pareció como una especie de araña enorme, con sus largas piernas y su siniestra manera de acecharla desde los rincones. Ya había oído hablar de él en casa del negro Julio, adonde llegara de Nazca con una carta de recomendación. El negro Julio no quería que trabajara.

—Todavía está muy pichona —decía mirándola compasivamente.

Pero su mujer, una zamba gorda y revoltosa que había dado doce criaturas al mundo, chillaba:

—¿Pichona? Yo he trabajado desde los doce años y ella tiene ya dieciséis. Habrá que meterla de sirvienta por algún lado.

Y así, de la noche a la mañana, se encontró trabajando en casa de doña Gertrudis. Fue precisamente el día que ingresó, después del almuerzo, cuando vio al niño Raúl.

Ella se encontraba fregando el piso de la cocina, cuando llegó de la calle.

"Me miró de reojo", pensó María "y ni siquiera me contestó el saludo".

Bruscamente se distrajo. En la puerta sonaban tres golpes nítidos.

"¿Será Felipe Santos?", se preguntó y después de mirarse en el espejo, avanzó con sigilo hasta la puerta.

—¡Soy yo, Justa! —gritó una voz al otro lado—. ¡Me había olvidado de decirte algunas cosas!

María abrió la puerta y la chola Justa entró contoneando sus caderas escurridas.

—Me he regresado desde el paradero porque me olvidé de decirte que Felipe tal vez demore un poco. Él tiene que estar hasta tarde en la panadería, de modo que tienes que esperarlo. Dale las gracias y dile además que sabes cocinar. Así es más fácil que te consiga trabajo. Otra cosa: aquí en la esquina hay una pulpería. Si te da hambre puedes comprar un pan con mortadela. Pero apúrate, que a las once cierra.

María quedó nuevamente sola. Observó su cabellera en el espejo. El niño Raúl se acercaba a la ventana para verla peinarse.

—¡Váyase de aquí! —gritaba ella—. ¡Su mamá lo puede ver!

—¡Qué me importa! Me gusta verte peinar. Tienes un lindo pelo. Deberías hacerte moño.

Por la noche, cuando ella iba al fondo del jardín a tender la ropa, de nuevo la abordaba.

—Pero, ¿es que usted no tiene nada que hacer?

—¡Qué te importa a ti eso!

—Debería estudiar...

—¡Quiero estar a tu lado!

Cuando Justa, a quien conociera una mañana mientras barría la vereda, se enteró de esto, se echó a reír.

—¡Así son todos, unos vivos! ¡Creen que somos qué cosa! A mí también, en una casa que trabajé, había uno que me perseguía día y noche, hasta que le di su zape. Lo mejor es no hacerles caso. Al fin se aburren y se van con su música a otra parte.

La araña salió de su refugio y comenzó a recorrer la pared. María la vio aproximarse al techo. Allí se detuvo y comenzó a frotar sus patas, una contra otra, como sorprendida por un mal pensamiento.

Acercándose a su bolsa, María extrajo alguna ropa y la fue extendiendo sobre la cama. Sus vestidos estaban arrugados y además olían a cosas viejas, a días que ella no quería recordar. Allí estaba esa falda a cuadros que ella misma se cosió y ese saco rosado, obsequio de doña Gertrudis. Cuando se lo ceñía al talle los hombres la miraban por la calle y hasta el chino de la pulpería, que parecía asexuado, la piropeaba. Raúl, por su parte, se aferraba a este detalle para abrumarla de frases ardientes.

—Te queda mejor que a mis hermanas. Yo te podría regalar muchos como ése.

—Usted es un sinvergüenza. ¡Métase con sus iguales!

—¡Lo mejor es no hacerles caso! —recordó María el consejo de Justa. La indiferencia era aún más peligrosa, sin embargo, pues era considerada como un asentimiento tácito. Cada día la cosa empeoraba. A los dos meses, su vida se hizo insoportable.

—¡Desde las siete de la mañana! —exclamó María, estrujando su ropa entre las manos, como si quisiera ejercer sobre ella una represalia impersonal y tardía.

En efecto, a las siete de la mañana, hora en que se levantaba para sacar el cubo de basura, el niño Raúl estaba ya de pie. A esa hora doña Gertrudis se encontraba en misa y las hermanas aún dormían. Aprovechando esa momentánea soledad, Raúl intentaba pasar de la palabra a la acción.

—¡Lo voy a acusar a su mamá! —gritaba ella hundiéndole las uñas. La cocina fría fue escenario de muchos combates. Éstos terminaban generalmente cuando una silla derrumbada sobre el piso amenazaba con despertar a las hermanas. Raúl huía como un sátiro vencido, chupándose la sangre de los arañones.

—¡Caramba! —exclamó Justa al enterarse de estas escenas, con una sorpresa que provenía más de la resistencia de María que de la tenacidad de Raúl—. Esto anda mal. Si sigue así tendrás que acusarlo a su mamá.

María sintió un cosquilleo en el estómago. Debían ser ya las once de la noche y la pulpería estaría cerrada. Por un momento decidió salir a la calle y buscar alguna chingana abierta. Pero ese barrio desconocido le inspiraba recelo. Había pasado en el taxi por un bosque, luego por una avenida de altos árboles, después se internó por calles rectas, donde las casas de una abrumadora uniformidad no podían albergar otra cosa que existencias mediocres. El centro de la ciudad no debía encontrarse lejos, pues contra la baja neblina había divisado reflejos de avisos luminosos.

"Aguardaré hasta mañana", se dijo, y bostezando se sentó al borde de la cama. La araña seguía inmóvil junto al techo. Cerca del foco, una mariposa gris revoloteaba en grandes círculos concéntricos. A veces se estrellaba contra el cielo raso con un golpe seco. Parecía beber la luz a grandes borbotones.

—Sí, no hay más remedio —le había dicho Justa, cuando ella le confió un día que el niño Raúl la había amenazado con entrar a su cuarto por la noche–. Acúsalo a su mamá.

Doña Gertrudis recibió la noticia sin inmutarse. Parecía estar acostumbrada a este tipo de quejas.

–Regresa a tu trabajo. Ya veré yo.

Algo conversaría con el niño Raúl, pues éste permaneció una semana ignorándola por completo.

"Ni siquiera me miraba", recordó María. "Pasaba por mi lado silbando, como si yo fuera un mueble".

En la puerta se escucharon unos golpes apresurados. María sintió un sobresalto. ¿Otra vez? ¿Sería ya Felipe Santos? Sin moverse, preguntó tímidamente:

–¿Quién?

Por toda respuesta se escucharon otros golpes. Luego una voz exclamó:

–¡Tomás! ¿Estás allí?

María se aproximó y pegó el oído.

–¡Abre, Tomás!

–Acá no hay ningún Tomás.

–¿Quién eres tú?

–Yo estoy esperando a Felipe Santos.

–Bueno, pues, si viene Tomás le dirás que vino Romualdo para invitarlo a una fiesta.

Los pasos se alejaron. El incidente no tenía mayor importancia, pero María se sintió inquieta, como si la seguridad de su refugio hubiera sufrido ya una primera violación. Volviéndose lentamente, quedó apoyada en la puerta. Deseaba con urgencia que su protector llegara. Quería preguntarle quién era ese Tomás y por qué venían extraños a tocarle la puerta. Las paredes del cuarto le parecieron revestidas de una espantosa palidez.

La excitación y el cansancio la condujeron a la cama. Le provocó apagar la luz pero un instinto oscuro le advirtió que era mejor permanecer con la luz encendida. Una inseguridad sin consistencia, surgida de mil motivos secundarios (la araña, el bosque que atravesara, el dondoneo de una guitarra que llegaba desde una habitación lejana) fue atravesándola de parte a parte. Sólo ahora le pareció comprender que lo que ella tomó al principio por libertad, no era en el fondo sino un enorme desamparo. En casa de doña Gertrudis, al menos, se sentía acompañada.

—¿Y cómo van tus asuntos? —preguntó Justa, tiempo después.

—Ayer empezó otra vez —replicó María—. Mientras tendía la ropa, quiso abrazarme. Yo pegué un grito y él casi me da una cachetada.

La araña comenzó a caminar oblicuamente hacia el foco de luz. A veces se detenía y cambiaba de rumbo. Parecía atormentada por una gran duda.

—Pues entonces hablaré con Felipe Santos —dijo Justa.

"Fue la primera vez que oí hablar de él", pensó María.

—Es un amigo mío que vive a la vuelta —aclaró Justa—. Tiene una panadería y es muy bueno. Él te podrá conseguir trabajo.

Esta sola promesa hizo su vida más llevadera y le permitió soportar con alguna ligereza el asedio del niño Raúl. A veces se complacía incluso en bromear con él, en darle ciertas esperanzas, con la seguridad de que al no cumplirlas ejercería una represalia digna de los riesgos que corría.

—Así me gusta que te rías —decía Raúl—. Ya te darás cuenta que conmigo no perderás el tiempo.

Y ella, con alguna tonta promesa, en el fondo de la cual ponía el más refinado cálculo, lo mantenía a cierta distancia, mientras se aproximaba la fecha de su partida.

—Ya hablé con Felipe —dijo una tarde Justa—. Dice que te puede ayudar. Dice además que te conoce.

"Me vería pasar cuando iba a la pulpería", pensó María. "¡Qué raro que no lo haya visto!".

—¿Y hasta cuándo te voy a esperar? —la increpó un día Raúl—. Ayer estuve en el jardín hasta las once y tú... nada.

—El viernes por la noche —aseguró María—. De verdad no lo engaño. Esta vez no faltaré.

Justa le había dicho esa misma mañana:

—Ya está todo arreglado. Felipe dice que te puede conseguir trabajo. El jueves por la noche saldrás con tus cosas sin decir nada a doña Gertrudis. Él tiene un cuarto desocupado en Jesús María, donde puedes estar hasta que se te avise.

El jueves por la noche hizo un bulto con su ropa y, cuando todos dormían, salió por la puerta falsa. Justa la esperaba para conducirla al cuarto. Tomaron un taxi.

—Felipe me dio una libra para el carro —dijo—. Me regresaré en ómnibus para economizar.

Ella no contestó. La aventura la tenía trastornada. Al abandonar su barrio le pareció que los malos días quedaban enterrados para siempre, que una vida expansiva, sin obligaciones ni mandados ni diarias refriegas en la cocina blanca, se abría delante de ella. Atravesó un bosque, una avenida de altos árboles, casas uniformes y sórdidas, hasta ese pequeño cuarto donde la intimidad había sido para ella una primera revelación.

En pocos minutos, sin embargo, su optimismo había decaído. Algo ocurría muy dentro suyo: pequeños desplazamientos de imágenes, lento juego de sospechas. Un agudo malestar la obligó a sentarse en el borde de la cama y a espiar los objetos que la rodeaban, como si ellos le tuvieran reservada alguna sorpresa maligna. La araña había regresado a su esquina. Aguzando la vista, descubrió que había tejido una tela, una tela enorme y bella como una obra de mantelería.

La espera sobre todo le producía una desazón creciente. Trató por un momento de refugiarse en algún recuerdo agradable, de cribar todo su pasado hasta encontrar un punto de apoyo. Pensó con vehemencia en sus días en Nazca, en su padre a quien jamás conoció, en su madre que la enviaba a la plaza a vender el pescado, en su viaje a Lima en el techo de un camión, en el negro Julio, en la casa de doña Gertrudis, en la chola Justa contoneando sus caderas escurridas, en ese Felipe Santos que nunca terminaba de llegar... Solamente en este último su pensamiento se detuvo, como fatigado de esa búsqueda infructuosa. Era el único en quien podía confiar, el único que podía ofrecerle amparo en aquella ciudad para ella extraña, bajo cuyo cielo teñido de luces rojas y azules, las calles se entrecruzaban como la tela de una gigantesca araña.

La puerta sonó por tercera vez y ahora no le cupo duda a María que se trataba de su protector. Delante del espejo se acomodó rápidamente sus cabellos y corrió hacia el cerrojo.

En la penumbra del callejón apareció un hombre que la miraba sin decir palabra. María retrocedió unos pasos.

—Yo soy Felipe Santos —dijo al fin el hombre y entrando en la habitación cerró la puerta. María pudo observar su rostro de cincuentón y sus pupilas tenazmente fijas en ella, a través de los párpados hinchados y caídos.

—Yo te conozco —prosiguió el hombre aproximándose. Te veía pasar cuando ibas a la pulpería... —y llegó tan cerca de ella que sintió su respiración pesada abrasándole el rostro.

—¿Qué quiere usted?

—Yo quiero ayudarte —respondió él sin retroceder, arrastrando las palabras—. Desde que te vi pensé en ayudarte. Eres muy pequeña aún. Quiero ser como tu padre...

María no supo qué responder. Miró hacia la puerta, cuyo cerrojo estaba corrido. Detrás de ella quedaba la ciudad con sus luces rojas y azules. Si franqueaba la puerta, ¿adónde podría ir? En Justa ya no tenía fe y la niebla debía haber descendido.

—¿No quieres que te ayude? —prosiguió Felipe—. ¿Por qué no quieres? Yo soy bueno. Tengo una panadería, ya te lo habrá dicho Justa. Fíjate: hasta te he traído un regalito. Una cadenita con su medalla. Es de una virgen muy milagrosa, ¿sabes? Mírala qué linda es. Te la pondré para que veas qué bien te queda.

María levantó el mentón lentamente, sin ofrecer resistencia. Había en su gesto una rara pasividad. Pronto sintió en su cuello el contacto de aquella mano envejecida. Entonces se dio cuenta, sin ningún raciocinio, que su vuelo había terminado y que esa cadena, antes que un obsequio, era como un cepo que la unía a un destino que ella nunca buscó.

(*París, 1953*)

En *Los gallinazos sin plumas* (1955).

Tomado de: *Cuentos completos*. Alfaguara, Madrid, 1994.

Julio Ramón Ribeyro

Hogar

Augusto Roa Bastos

I

Luego de traquetear bastante tiempo por el camino de
tierra lleno de baches, que culebreaba entre plantíos
de algodón y caña dulce, como a tres leguas del pueblo
viró de pronto y metió el camión por un atajo hacia la
isleta boscosa donde estaban las ladrillerías. Eso fue un
poco después de haber pasado el leprosario. Varias figuras macilentas asomaron a los marcos sin puertas de
los ranchos o despegaron de la tierra sus deformes cabezas, bajo los árboles, gritando roncamente a nuestro paso:

—¡Adiós, Kiritó!

Cristóbal Jara sólo agitó hacia ellos su mano en señal de saludo.

—¿Y ésos? —le pregunté. No me respondió. No pareció oírme siquiera. Me volví. Unos cuantos chicuelos
desnudos, con los vientres enormes, siguieron un trecho
el camión correteando y alborotando con sus chillidos
de pájaros enfermos.

El hombrecito retacón que venía en la parte trasera les
hacía cómicas morisquetas. Después se sacó de los bolsillos algunas galletas y las fue arrojando una a una.

—¡Vito! —gritó varias veces. Los chicos ventrudos se dejaron caer al costado del camino y se revolcaron en la arena de las huellas disputándose las galletas.

Entre los ranchos vi la cabaña redonda de troncos levantada muchos años atrás por el médico ruso que había fundado la leprosería, un tiempo antes de su inexplicable fuga. Lo veía de nuevo arrojado del tren a golpes y puntapiés por los furiosos pasajeros, cayendo de rodillas sobre el rojo andén de tierra de la estación de Sapucai, acusado de haber querido robar una criatura.

Allí estaba su casa, intacta, acaso un poco más negra con esa costra escamosa que deposita el tiempo en la madera. No más que la casa, porque él se había esfumado y nadie sabía dónde estaba. Después de tantos años, los sobrevivientes continuaban esperando empecinadamente quizás el regreso de su benefactor. Testimonio de esa espera lo daban su desamparo, esas criaturas que iban naciendo y creciendo entre las pústulas, ese pequeño pueblo de desdichados de Costa Dulce, que se iba desarrollando a espaldas del otro, como una joroba tumefacta, entre los harapos del monte.

Pensé que en cada rancho habría de seguro como reliquia una imagen destrozada a hachazos, aquellas que el doctor degolló un poco antes de irse tal cual había venido.

Un tumbo del camión me volvió a la realidad.

—Dicen que los leprosos suelen caer a veces a las farras del pueblo. ¿Es cierto eso?

Mi acompañante volvió a ignorarme, a no oírme.

Un poco antes de la leprosería estaba el cementerio. Vimos a una mujer atareada carpiendo los yuyos entre las cruces. La ayudaba un muchachuelo rubio y de ojos celestes.

El hombrecito le gritó también:

—¡Adiós, María Regalada!

El camión siguió traqueteando por un buen rato. Por fin llegamos a una limpiada entre cocoteros. Debía de ser su lugar de estacionamiento habitual porque el limpión estaba cruzado en todas direcciones por las huellas viejas y nuevas de las gomas. Del otro lado de la isleta divisé el cobertizo de paja, chato y largo, de la olería, el horno para cocer los adobes, el malacate donde se molía y desmenuzaba la arcilla. A trechos se levantaban los montículos de barro seco y resquebrajado como piedra. La llegada del camión espantó a una bandada de taguatós posados en ellos. Se dispersaron chasqueando el aire con sus flojos aletazos.

No había humo ni fuego ni ruidos. Todas las olerías de Costa Dulce estaban abandonadas ahora por la sequía.

Cerró el contacto y descendió de un salto. El otro se descolgó como una oruga de una hoja. Cristóbal Jara le gruñó algo parecido a una orden. A mí, con un gesto, me hizo comprender que debíamos continuar la marcha a pie.

—¿Hasta aquí solamente? —pregunté señalando el camión, algo acoquinado por el calor.

—Está el Kaañavé —explicó el hombrecito—. No se puede pasar.

Mi guía echó a andar. Retiré del asiento mi cinturón con el revólver, que me había quitado durante el trayecto. El hombrecito me miraba curioso, sin esconder su curiosidad. Mientras me ceñía de nuevo el cinto, le pregunté:

—¿Usted no se va?

—No. Yo me quedo. A guardiar un poco... —se retrajo como arrepentido de haber soltado una indiscreción; su natural expansivo era más fuerte que él.

—¿A guardiar qué?

—Y... el camión —dijo al azar.

Me largué tras el baqueano llamado Cristóbal, y lo alcancé no sin apretar el tranco. Las resquebrajaduras de la tierra gredosa, blancuzca ahora con la capa de salitre calcinada por la refracción, las cortaderas duras y quebradizas con sus colgajos de polvo indicaban la proximidad y a la vez la ausencia del agua sobre la extensión del estero evaporado.

Nuestras dos sombras se iban achicando en el sofocante mediodía, hasta que acabaron de desaparecer bajo nuestros pies, descalzos los de él, enfundados los míos en botas de campaña.

II

Hablaba poco y de mala gana. Menos aún en castellano. Respondía con monosílabos sin volver los ojos siempre ocupados delante de sí, mirando a través de las rajaduras de los párpados zurcidos por la luz como costurones.

De él sólo sabía su nombre y algo de esa extraña historia que me habían contado en el pueblo sobre la marcha del vagón destruido a medias por las bombas.

Durante el viaje en el camión de la ladrillería, entre barquinazo y barquinazo, tenté de tirarle la lengua, traté de sobornar su silencio con esos pequeños recursos que siempre dan resultado y acaban por establecer la comunicación entre los hombres: una palmada cordial, el halago esquinado, la indirecta pregunta. Hasta conseguí que bebiera de mi caramañola algunos sorbos de caña. Pero él parecía reservar su complicidad para otra cosa. A lo sumo, la boca a veces parecía replegarse en el imperceptible amago de una mueca que no sería de burla, pero que lo parecía, porque era la sonrisa de ese silencio acumulado en él y que él mismo de seguro ignoraba, pero que lo saturaba por completo.

Lo más que conseguí sacarle, cuando sesteamos en la barranca del arroyo, a la sombra de un tayí, fue el detalle de los rieles de quebracho que debían haber usado para mover el desmantelado armatoste de hierro y madera. Ensambló las manos huesudas y las desplazó sobre el suelo, despacio, sin despegarlas, con una lentitud desesperante, casi maliciosa de tan exagerada.

Pensé en algo semejante a los tramos portátiles de los pontoneros. Ese detalle me trajo también el recuerdo de mi fallido examen de logística en el último curso de la Escuela Militar, una asociación absurda en ese momento, después de las cosas que habían pasado.

Pero aun esa alusión a los rieles de madera podía ser una idea mía. El gesto que quiso sugerirlo fue ambiguo. La quijada cetrina se apoyaba al hablar sobre las rodillas, mirando siempre a lo lejos el bailoteo opaco de la luz sobre los matorrales.

—¿Cómo? —le incité.

—Poco a poco... —dijo; el tajo de la boca apenas se movió.

—¿Cuánto tiempo?

Se miró los dedos de las manos, sopesándolos. ¿Quiso indicar cinco o diez meses o años en la manera indígena de contar el tiempo, o tan sólo la inconmensurable cantidad de esfuerzo y sacrificio que puede caber en las manos de un hombre?

—¿Por aquí fue por donde lo trajeron? Quedó callado, encogido, rascándose con la uña el protuberante calcañar. No hubo manera de hacerle decir nada más; probablemente no sabía nada más o ya lo había dicho todo.

El arroyo, aún sin agua, me parecía en verdad un obstáculo insuperable; no tanto para el camión. Mucho más para el vagón, cuando debió cruzarlo sin puente por alguna parte, tal vez por algún vado muy playo.

—¿Se seca a menudo el Kaañavé?

—El curso principal, nunca. Éste es un brazo no más.

—La sequía está durando.

—Sí.

—Así no trabajan las olerías.

—No.

Sobre el lecho arenoso centelleaban los cantos rodados y alguno que otro espinazo podrido de mojarra, cubierto de hormigas.

Pensé en el destino de ese arroyo. En el Kaañavé bebían y se bañaban los leprosos. Era el único remedio que tenían para sus llagas, el único espejo para sus fealdades. Ahora estaba seco; pero no siempre lo estaba. El afluente buscaba el tronco de agua. Luego el arroyo bajaba mansamente hacia otros pueblos. En sus recodos también bebían y se bañaban los sanos, lavaban montones de ropa las lavanderas de Acahay y Carapeguá.

Con la misma inconsciencia había pasado seguramente el vagón, indiferente a los vivos y a los muertos. Miré de improviso a Cristóbal Jara. Él pensaba sin duda en otra cosa, que no era el arroyo ni el vagón. Pero nada decía esperando tal vez el momento.

En eso apareció el hocico del tatú en un agujero de la barranca. Esperé a que asomara toda la cabeza, saqué el revólver y le disparé un tiro. El armadillo se hizo una bola y quedó quieto. Recogí la bestezuela que goteaba y la metí en mi bolsa.

El baqueano se levantó y echó a andar de nuevo, los carapachos de los pies raspando la tierra, cada uno parecido a un achatado, córneo armadillo, como el que iba goteando a mi costado. Yo no hacía más que seguirlo pasivamente. Su espalda, llena de cicatrices, estaba aceitada de sudor bajo los guiñapos. No tendría veinte años, pero desde atrás parecía viejo. De seguro por las cicatrices o por ese silencio, que aun de espaldas lo ponía taciturno e impermeable, pesado y elástico, al mismo tiempo.

Durante horas y horas trajinamos por maciegas hervidas de tábanos y sol, espacios imprecisables entre un cocotal y otro, entre una isleta y otra de bosque, distancias difíciles de apreciar por las marchas y contramarchas. Ni una carreta, nadie, ni siquiera el pelo del borrado caminito entre los yukeríes y karaguatales encarrujados. Nada. Sólo el resplandor blanco y pesado rebotando sobre la tierra baja y negra, escondiendo todavía la costa del monte.

En vano estiraba los ojos. No podía ser tan lejos.

Ya había perdido la cuenta de hacia qué lado del horizonte habíamos dejado el pueblo. Tampoco podía ubicar el rancherío de los lazarientos ni la ladrillería en el cauce del arroyo. Entré a sospechar que el baqueano me estaba haciendo caminar más de lo necesario. Lo haría para despistarme; acaso para aumentar el valor de su trabajo. Vaya uno a saber por qué lo haría.

O quizás verdaderamente ése era el camino.

III

Me costaba concebir el viaje del vagón por esa planicie seca y cuarteada, que las lluvias del invierno y el desborde del arroyo transformaban en pantano. Se me hacía cuesta arriba imaginarlo rodando sobre rudimentarios rieles de madera, arrastrado más que por una yunta de bueyes o dos o tres y aun cuatro yuntas en las lomadas, por la terca, por la endemoniada voluntad de un hombre que no cejó hasta meterlo, esconderlo, hasta incrustarlo literalmente en la selva.

Es decir, sí; ahora que marchaba detrás del guía impasible, sin otra cosa para contemplar que las cicatrices de su espalda y las cicatrices del terreno, el cielo arriba turbio, una lámina de amianto, podía tal vez concebir el viaje alucinante del vagón sobre la llanura, un viaje sin rumbo y sin destino, al menos en apariencia, razonables.

Podía ver al hombre eligiendo pacientemente el terreno, emplazando los durmientes y las pesadas secciones de quebracho, unciendo las yuntas de bueyes enlazadas al azar en el campo o en los potreros; podía verlos picaneándolas, exigiendo a las bestias escuálidas que cubrieran en esas pocas horas de la jornada nocturna un nuevo y corto tramo sobre los rechinantes listones, azuzándolos con su apagada ronca voz, con una desesperación tranquila en sus ojos de enajenado. Así siempre, bajo el tórrido sol del verano o en las lluvias y las heladas del invierno, inquebrantable y absorto en esa faena que tenía la forma de su obsesión. Y esa mujer

junto a él, contagiada, sometida por la fuerza mons-
truosa que brotaba del hombre como una virtud semejante al coraje o a la inconsciente sabiduría de la predes-
tinación, atendiendo y cuidando los mil detalles del
viaje, pero atendiendo y cuidando además al hombre
y al crío de meses, esa pequeña liendre humana naci-
da y rescatada del yerbal, cuyos días iba marcando el
lentísimo y por eso mismo vertiginoso voltear de las
ruedas del vagón; el pequeño crío lactante transforma-
do en niño, en muchacho, en hombre, a través de leguas y leguas y años y años y ayudándolos también a
empujar con sus primeras fuerzas el arco rodante y
destrozado, inmune sin embargo a la locura del proge-
nitor, como los hijos de los leprosos o los sanos del
pueblo no estaban necesariamente condenados a con-
traer el mal, puesto que las defensas del ser humano
son inagotables y se bastan a veces para anular y
transformar ciertos estigmas al parecer irremediables.

Todo esto podía entender forzando un poco la imaginación.

Yo sabía la historia; bueno, la parte pelada y pobre
que puede saberse de una historia que no se ha vivido.

Lo que no podía entender era que el robo del vagón
primero, y el viaje después –ambas cosas se implicaban–
pasaran inadvertidos. Ese viaje lentísimo e interminable
tuvo forzosamente que haber llamado la atención; tuvo
que haber transmitido su locura –como lo hizo con la
mujer– a un número cada vez mayor de gente, pues era
demasiado absurdo que el vagón, pudiera avanzar o huir
tranquilamente a campo traviesa sin que nadie hiciese
algo para detenerlo; el jefe político, el juez o el cura,

cada cual en su jurisdicción, puesto que hasta de brujería se habló. La delación de un simple telegrafista habría bastado para frustrar la maniobra de los insurrectos y provocar la catástrofe. Pero en el caso del vagón todos se callaron. El jefe de estación, los inspectores del ferrocarril, los capataces de cuadrillas. Cualquiera, el menos indicado habría podido alzar tímidamente la voz de alerta. Pero eso no sucedió. Una omisión que a lo largo de los años borronea la sospecha de una complicidad o al menos un fenómeno de sugestión colectiva, si no un tácito consentimiento tan disparatado como el viaje. Es cierto que el vagón ya no servía para nada; no era más que un montón de hierro viejo y madera podrida. Pero el hecho absurdo estribaba en que todavía podía andar, alejarse, desaparecer, violando todas las leyes de propiedad, de gravedad, de sentido común.

El espanto y el éxodo, la mortandad que produjo la terrible explosión, dejaron por largo tiempo, como el cráter de las bombas, una desmemoriada atonía, ese vacío de horror o indiferencia que únicamente poco a poco se iría rellenando en el espíritu de la gente, igual que el cráter, con tierra.

Sólo así se podía explicar que nadie notara el comienzo del viaje, o que a nadie le importara ese hecho nimio en sí, aunque incalculable en sus proyecciones, en su significación. La noche del desastre había durado más de dos años. Iba a durar mucho más tiempo aun para la gente de Sapucai, en esa especie de lenta, dolorosa, inexplicable ceguera, de estupefacción rencorosa en que se arrincona una mujer violada.

Sólo así se podía explicar que el hombre, la mujer y el niño al regreso del yerbal, al cabo de su inconcebible huida por páramos de suplicio y de muerte, hubieran logrado refugiarse primero en el vagón, convertido en su morada, en su hogar, y luego empujarlo lentamente por el campo sin que nadie lo advirtiera.

En un principio, el hombre y la mujer habrían trabajado al amparo de la doble oscuridad, la del estupefacto y aplastante vacío, la de las noches sin luna; habrían trabajado sin duda hasta en las de tormenta, en las ateridas noches de lluvia y frío. Ahora se sabían o se imaginaban ciertos detalles.

Con cera silvestre encolaban cocuyos a los bordes de las ruedas para encarrilarlas sobre la almadía de quebracho. Ahora podía imaginarme la sonrisa implacable del hombre al ver voltear las ruedas en las tinieblas con las pestañas parpadeando por las motas fosfóricas de los muás. De esas ruedas untadas de fuego fatuo habría salido la leyenda de que el vagón estaba embrujado.

Durante el día, daba la impresión de estar siempre inmóvil; lo que se deslizaba o parecía deslizarse a los ojos de los demás sería la tierra, como en la lenta erosión de las barrancas.

Acabó por desaparecer.

La sugestión de su presencia persistió sin embargo en el corte que se había ido ensanchando hacia el campo. Espejismo, alucinación, vaya uno a saberlo. Podía ser también, a su modo y a su escala, un fenómeno semejante al de las estrellas muertas, cuya luz continúa incrustada en el cosmos, milenios después de su extinción.

Así se habrían habituado a ver el vagón sin verlo, permaneciendo con su presencia fantasmal donde ya no estaba. Salvo que la explosión lo hubiera hecho volar para dejarlo allí, enclavado a leguas y leguas de la vía muerta. Pero el vagón no voló. Se alejó lentamente, en una marcha imperceptible y tenaz sobre los rieles de quebracho. Y ya en la tierra salvaje y desierta, merodeadores, vagabundos, parias perseguidos y fugitivos, hasta los leprosos de la colonia fundada por el médico ruso, habrían ayudado al hombre, a la mujer y al chico a empujar el vagón para compartir un instante ese simulacro de hogar que avanzaba por la llanura o retrocedía hacia el pasado, sin rumbo, sin destino, pero desplazando una victoriosa, impávida, salvaje, alucinada atmósfera de seguridad, de coraje, de misterio, lo que también a ellos les comprometía a guardar el secreto.

Meras conjeturas, versiones, ecos deformados. Acaso los hechos fueran más simples. Ya no era posible saberlo. Sólo que había comenzado veinte años atrás. No quedaban más que vestigios, sombras, testimonios incoherentes. Ese vagón hacia el cual me encaminaba, tras el único baqueano que podía llevarme hacia él, era uno de esos vestigios irreales de la historia.

No esperaba encontrarlo; más aún, no creía en su existencia, muñón de un mito o leyenda que alguien había enterrado en la selva.

IV

El aire caldeado me pesaba en la nuca. El armadillo me pesaba en la bolsa, húmeda con su sangre y mi sudor. Contrariado, lo extraje asido por las cortas patitas escamosas y revoleándolo sobre mi cabeza lo arrojé lejos. Cayó entre unos matorrales produciendo un quejido seco y sordo como el ¡jha! de los hacheros al descargar el hacha contra el tronco. Cristóbal Jara giró sobre el rostro inescrutable y me miró por la rajita de los párpados, con esa leve mueca que no se podía definir si era de comprensión o de burla. Llegamos a la picada. Atardecía, pero el calor todavía chirriaba entre el follaje. Yo me detuve un momento, tratando de orientarme. Hice correr un poco más adelante, sobre la ingle, la funda del revólver, para tenerlo a mano. El baqueano tornó a mirarme. Creyó probablemente que la picada me infundía cierto miedo o que sospechaba de él. Su semblante terroso era el paisaje en pequeño, hasta en los rastrojos de barba. Ahora el rictus de burla y lejanía se marcó más evidente a un costado de la boca. Tal vez no era eso; nada más que fastidio, simple apuro de llegar, para cumplir una tarea.

Porque menos que el de conductor de camión de la ladrillería, su verdadero oficio posiblemente era éste. Aprovechaba los viajes hasta las olerías de Costa Dulce para llevar, de cuando en cuando, con permiso del patrón, a algún cajetilla curioso que quería ver el vagón metido en el monte. El propio dueño de la ladrillería era quien concertaba estos menudos gajes de turismo para su chofer, sobre todo ahora que por la sequía se pasaba la mayor parte del tiempo en la fonda y en el boliche bebiéndose el precio de las últimas quemas.

Cristóbal Jara, impasible como en todo, servía de baqueano al forastero, inconsciente quizás de que traficaba con algo que un sueño insensato había dejado en el monte como un vigía muerto: o acaso sabiéndolo a su modo y orgulloso de mostrar a los demás esa inútil cosa sagrada que tocaba a su sangre, como lo supe después.

Lo presentí esa misma mañana en que fueron a buscarme a la casa donde me alojaba, una fonda de la orilla cuya propietaria, inmensa y charlatana, la popular Ña Lolé, ejercía una especie de matriarcado vitalicio sobre la gente de paso por Sapucai.

Hacía poco que yo había llegado al pueblo. Yo no recordaba haber contratado el viaje. El hombrecito retacón entró en mi pieza y me despertó. Lo veía en la penumbra con la cabeza grande y mofletuda, moviéndose a tientas alrededor del catre. Se acercó y me bisbiseó al oído:

—Vamos. Kiritó le espera... Él mismo fue a la cocina a traerme unos mates. Oí que las muchachas de servicio le hacían bromas en el corredor. Algunas lo llamaban Gamarra; otras, "Mediometro". Este apodo era el que mejor lo retrataba. Los adiposos chillidos de Ña Lolé, desde su cuarto, espantaron al corro gallináceo. Poco después, "Mediometro" entró con el mate. Me vestí lentamente, mientras sorbía la bombilla, amarga la boca todavía por la caña, abombada la cabeza por la borrachera de la noche en el corredor del boliche con los parroquianos, desconocidos para mí. Por eso no quise preguntar nada al petiso.

Afuera estaba el camión, un Ford destartalado. Llevaba un tosco letrero con el nombre de la ladrillería y del propietario. Sobre el borde del techo se leía un refrán en guaraní pintado más toscamente aún con letras verdes e infantiles.

Subí junto al chofer y partimos. De paso dejé constancia en la jefatura de mi imprevista excursión; estaba obligado a hacerlo. No fueran a creer que me había fugado a poco de llegar.

El aire puro y fresco del amanecer acabó de desperezarme. Me parecía ver el pueblo por primera vez. Como aquella lejana noche de mi infancia en que dormimos en medio de los escombros de la estación destruida por las bombas. Sapucai seguía obrando sobre mí un extraño influjo.

—¿Dónde estaba la estación vieja? —pregunté al guía.

Tendió el brazo hacia un baldío que estaba entre la estación nueva y el taller de reparaciones del ferrocarril. Se veían aún algunas piedras ennegrecidas. Allí, una noche de hacía veinte años, en mi primer viaje a la capital, me había acostado entre las piedras junto a la Damiana Dávalos a esperar con los otros pasajeros el transbordo del alba. Aquella noche lejana estaba viva en mí, al borde del inmenso tolondrón de las bombas, de donde parecía sacar toda su pesada tiniebla. La luna salió un rato, pero el hoyo negro la volvió a tragar.

Tendido entre las piedras aún tibias por el sol de la tarde, junto a la lavandera que dormitaba con el crío enfermo en sus brazos, me costó agarrar el sueño. Me apreté más a ella, pero lo mismo tardaba en dormirme. Su blando cuerpo de mujer turbaba mi naciente adolescencia. La voz tartajeante de un viejo en alguna parte se pasó todo el tiempo contando los pormenores de la explosión. Cuando se calló el viejo, del otro lado de un pedazo de tapia empezaron a oírse los arrullos, las risitas y los sofocados quejidos de una joven pareja cuyas rodillas golpeaban sordamente el trozo de pared. Así que no era posible dormirse. La Damiana Dávalos también suspiraba y se removía débilmente de tanto en tanto bajo mis tanteos. Allí fue cuando entre la muerte y el recuerdo del horror, entre el hambre y el sueño, entre todo lo que ignoraba y presentía succioné su pecho en la oscuridad, robando la leche del crío enfermo que dormía apretado en sus brazos, traicionando también a medias al marido emparedado en la cárcel. Así yo había descubierto el triste amor en la oscuridad junto a unas ruinas, como un profanador o un ladrón en la noche.

Acaso en ese mismo momento, en un lejano toldito de palmas de los yerbales, este mismo Cristóbal Jara que ahora iba a mi lado, que era ya un hombre entero y tallado, buscaba entonces con sus primeros vagidos la leche materna, mientras el cuello del padre se hinchaba en el cepo de la comisaría. A veinte años de aquella noche, después de un largo rodeo, podía completar el resto de una historia que me pertenecía menos que un sueño y en la que sin embargo seguía tomando parte como en sueños.

Escupió su naco y se internó en la maleza que había invadido la antigua picada. De tanto en tanto descargaba a los costados certeros machetazos, franqueándome el paso.

V

Cuando el levantamiento agrario del año 12 estaba prácticamente vencido, las guerrillas rebeldes, después de una azarosa retirada, se concentraron y atrincheraron en el recién fundado pueblo de Sapucai cuyo nacimiento había alumbrado el fuego aciago del cometa y que ahora se disponía a recibir su bautismo de sangre y fuego.

El capitán Elizardo Díaz, que había apoyado la rebelión de los campesinos con su regimiento sublevado en Paraguarí, tomó el mando de los insurrectos. Se apoderaron de la estación y de un convoy que estaba allí inmovilizado con su dotación completa. Ahora no les quedaba más que la vía férrea para intentar un último asalto contra la capital. En un plan desmesurado, desesperado como ése, sólo el factor sorpresa prometía ciertas posibilidades de éxito; podía hacer que el audaz ataque lograra desorganizar los dispositivos de las fuerzas que defendían al gobierno permitiendo tal vez su copamiento. Eran probabilidades muy remotas, pero no había otra alternativa para los revolucionarios. En cualquiera de los casos, la muerte para ellos era segura.

El capitán Díaz ordenó que el convoy partiera al anochecer de aquel 1º de marzo con toda la tropa, su regimiento íntegro más el millar de voluntarios campesinos, armados a toda prisa.

En su arenga a las tropas el comandante rebelde mencionó la histórica fecha de la muerte del mariscal López en Cerro Corá, al término de la Guerra Grande, defendiendo su tierra, como el compromiso más alto de valor y de heroísmo.

—¡Nosotros también —los exhortó— vamos a vencer o morir en la demanda!

Casiano Jara había levantado a la peonada de las olerías de Costa Dulce, unos cien hombres, la mayor parte de ellos reservistas que habían hecho el servicio militar en los efectivos de línea. Casiano acababa de casarse con Natividad Espinoza. Tenía su chacrita plantada en tierra del fisco, cerca de las olerías. Natí cuidaba los plantíos, Casiano trabajaba en el corte y horneo de los ladrillos. Pero él no dudó un momento en plegarse al combate, contra los politicastros y milicastros de la capital que esquilmaban a todo el país. Por eso no le costó convencer a los hombres de las olerías. Se presentaron como un solo hombre, en correcta formación por escuadras, a ese valeroso capitán del ejército, tan distinto a los otros, que no había trepidado en salir en defensa de los esquilmados y oprimidos. Díaz los recibió como un hermano, no como un jefe; los ubicó en el plan de acción y confirmó en el mando de sargento de la compañía de ladrilleros al vivaz y enérgico mocetón, que se convirtió en su brazo derecho.

Los preparativos de la misión suicida se cumplieron rápidamente.

Entretanto, en un descuido, el telegrafista de Sapucai encontró manera de informar y delatar en clave la maniobra que se aprestaba, incluso la hora de partida del convoy. El comando leal, ni corto ni perezoso, tomó sus medidas. En la estación de Paraguarí cargaron una locomotora y su ténder hasta los topes con bombas de alto poder. A la hora consabida la soltaron a todo vapor por la única trocha tendida al pie de los cerros, de modo que el mortífero choque se produjera a mitad del trayecto, un poco después de la estación de Escobar.

A último momento, sin embargo, surgió aquella imprevista complicación que iba a hacer la catástrofe más completa. El maquinista desertó y huyó. Esto demoró la partida del convoy. En la noche sin luna, la población en masa acudió a despedir a los expedicionarios. La estación y sus inmediaciones bullían de sombras apelmazadas, en la exaltación febril de las despedidas. Las muchachas besaban a los soldados. Las viejas les alcanzaban cantimploras de agua, argollas de chipá y tabaco, cachos de banana, naranjas. Cantos de guerra y gritos ardientes surgían a todo lo largo del convoy. "¡Tierra y libertad!". Era el estribillo multitudinario coreado por millares de gargantas enronquecidas en la quieta noche de marzo. De pronto, sobre el tumulto de las voces se oyó el retumbar del monstruo que se acercaba jadeando velozmente, encrespado de chispas. Se hizo un hondo silencio que fue tragado por el creciente fragor de la locomotora. A los pocos segundos, el fogonazo y el estruendo de la explosión rompieron la noche en un vívido penacho de fuego. Y bien, ese cráter hubo que rellenar de alguna manera. En veinte años, el socavón se recubrió de carne nueva, de gente nueva, de nuevas cosas que sucedían. La vida es ávida y desmemoriada. Por Sapucai volvieron a pasar los trenes sin que sus pitadas provocaran siniestros escalofríos en los atardeceres rumorosos de la estación, única feria semanal de diversiones para la gente del pueblo.

VI

Pero no todos olvidaron ni podían olvidar.

A los dos años de aquella destrozada noche, Casiano Jara y su mujer Natividad volvieron del yerbal con el hijo, cerrando el ciclo de una huida sin tregua. Desde entonces su hogar fue ese vagón lanzado por el estallido final de una vía muerta, con tanta fuerza, que el vagón siguió andando con ellos, volando según contaban los supersticiosos rumores, de modo que cuando en las listas oficiales Casiano Jara hacía ya dos años que figuraba como muerto, cuando no por las bombas sino con un rasguño de pluma de algún distraído y aburrido furriel lo habían borrado del mundo de los vivos, él empezaba apenas el viaje, resucitado y redivivo, un viaje que duraría años, acompañado por su mujer y por su hijo, tres diminutas hormigas humanas llevando a cuestas esa mole de madera y metal sobre la llanura sedienta y agrietada.

Yo iba caminando tras el último de los tres. Veía sus espaldas agrietadas por las cicatrices. Pero aun así, aun viéndolo moverse como un ser de carne y hueso delante de mis ojos, la historia seguía siendo una historia de fantasmas, increíble y absurda, sólo quizá porque no había concluido todavía.

VII

Lo malo fue que el vagón apareció de golpe en un claro del monte, donde menos lo esperaba.

En la sesgada luz que se filtraba entre las hojas avanzó lentamente hacia nosotros, solitario y fantástico. Primero vi las ruedas semihundidas entre los yuyos, los grandes troncos morados de mazaré que calzaban los ejes impidiendo que ellas se hundieran del todo en el limo vegetal. Luego la carcomida estructura creció de abajo hacia arriba cubierta de yedra y de musgo. El abrazo de la selva para detenerlo era tenaz, como tenaz había sido la voluntad del sargento para traerlo hasta allí. Por los agujeros de la explosión crecían ortigas de anchas hojas dentadas. Vi las plataformas corroídas por la herrumbre, los pasamanos de bronce leprosos de verdín, los huecos de las ventanillas tejidas de lianas y telarañas. En un ángulo del percudido machimbre aún se podía descifrar la borrosa, la altanera inscripción grabada a punta de cuchillo, con letras grandes e infantiles: "Sto. Casiano Amoité – 1° Compañía Batalla de Asunción".

Un nombre cambiado a medias, como devorado también a medias por el verdín del olvido, con ese "Amoité" en lugar de Jara, que designaba en lengua india lo que era distante, no la lejanía solamente, sino lo que estaba más allá del límite de la visión y de la voluntad en el espacio y en el tiempo.

Era todo lo que quedaba del combatiente que había envejecido y muerto allí soñando con esa batalla que nunca más se libraría, que por lo menos él no había podido librarla, en demanda de un poco de tierra y libertad para los suyos.

Trepé a la plataforma levantando una nube de polvo y de fofo sonido. Sentí que las telarañas se me pegaban a la cara. No pude menos que entrar en la penumbra verdosa. De las paredes pendían enormes avisperos y las rojas avispas zumbaban en ese olor acre y dulzón a la vez, en el que algo perduraba indestructible al tiempo, a la fatalidad, a la muerte. Me sentí hueco de pronto. ¿No era también mi pecho un vagón vacío que yo venía llevando a cuestas, lleno tan sólo con el rumor del sueño de una batalla? Rechacé irritado contra mí mismo ese pensamiento sentimental, digno de una solterona. ¡Siempre esa dualidad de cinismo y de inmadurez turnándose en los más insignificantes actos de mi vida! ¡Y esa afición a las grandes palabras! La realidad era siempre mucho más elocuente. Sobre los esqueletos de los asientos planeaba el polvo alveolado de destellos, como si el aire dentro del vagón también se hubiera vuelto poroso, como de corcho. Mis manos palpaban y comprendían. Sobre un resto de moldura vi una peineta de mujer. Sobre un cajón de querosene había un ennegrecido cabo de vela; el charquito de sebo a su alrededor también estaba negro de moho. Allí el sargento Amoité, cada vez más lejano, había borroneado sus croquis de campaña corrigiéndolos incansablemente. El silencio caliente lo envolvía todo. Estaba absorto en él cuando oí su voz, sobresaltándome:

—Ellos le esperan. Quieren hablar con usted.

—¿Quiénes?... —mi sobresalto me drenó un regusto amargo en la boca.

No me contestó. Me contemplaba impasible. Por primera vez le vi todo el rostro. Me pareció que tenía los ojos desteñidos, del color de ese musgo que cubría el vagón. Los ojos de la madre, pensé. Salí tras él con la mano crispada sobre las cachas del revólver, por la plataforma opuesta a la que había elegido para subir.

Una cincuentena de hombres esperaban en semicírculo, entre los yuyos. Al verme me saludaron todos juntos con un rumor. Yo me llevé maquinalmente la mano al ala del sombrero, como si estuviera ante una formación.

Uno de ellos, el más alto y corpulento, se adelantó y me dijo:

—Yo soy Silvestre Aquino —su voz era amistosa pero firme—. Éstos son mis compañeros. Hombres de varias compañías de este pueblo. Le hemos pedido a Cristóbal Jara que lo traiga a usted hasta aquí. Queremos que nos ayude.

Yo estaba desconcertado, como ante jueces que me acusaban de un delito que yo desconocía o que aún no había cometido.

—¿En qué quieren que los ayude?

Silvestre Aquino no respondió pronto.

—Sabemos que usted es militar.

—Sí —admití de mala gana.

—Y que lo han mandado a Sapucai, confinado.

—Sí...

—Sabemos también que estuvieron a punto de fusilarlo cuando se descubrió la conspiración de la Escuela Militar.

Miré las caras, una tras otra, compactas y huesudas, caras de hombres de pueblo, de hombres de trabajo, los más tal vez analfabetos, pero seguros de lo que querían, iluminados por una especie de recia luz interior.

Sabían todo lo que necesitaban saber de mí. En realidad, mis respuestas a sus preguntas sobraban.

—Usted pudo ir al destierro, pero prefirió venir aquí. Pensé que quizás únicamente la razón de esa elección se les escapaba. Pero yo tampoco lo sabía.

—La revolución va a estallar pronto en todo el país —dijo Silvestre Aquino—. Nosotros vamos a formar aquí nuestra montonera. Queremos que usted sea nuestro jefe... nuestro instructor —se corrigió en seguida.

—Yo estoy controlado por la Jefatura de Policía —dije—. Supongo que eso también lo saben.

—Sí. Pero usted puede venir a cazar de cuando en cuando. Para eso no le van a negar permiso. Jara lo va a traer en el camión.

Hubo un largo silencio. Cien ojos me medían de arriba a abajo.

—¿Tienen armas?

—Un poco, para empezar. Cuando llegue el momento, vamos a asaltar la jefatura.

Los puños se habían crispado junto a las piernas. Bolas de barro seco. Tenían, como las caras, el color gredoso del estero.

—¿Qué nos contesta? —preguntó impávido el que decía llamarse Silvestre Aquino.

Pero ya sabía en ese momento que tarde o temprano iba a aceptar. El ciclo recomenzaba y de nuevo me incluía. Lo adivinaba oscuramente, en una especie de anticipada resignación. ¿No era posible, pues, quedar al margen?

Me volví hacia Cristóbal Jara. Estaba recostado contra la pared rota y musgosa del vagón. Un muchacho de veinte años. O de cien. Me miraba fijamente. Las rojas avispas zumbaban sobre él, entre el olor recalentado de las resinas. La creciente penumbra caía en oleadas sobre el monte.

Bajé de la plataforma y le dije:

—Vamos...

En *Hijo de hombre* (1960).

Tomado de: *Cuentos completos*. Editorial El Lector, Paraguay, 2003.

La Cuesta de las Comadres

Juan Rulfo

Los difuntos Torricos siempre fueron buenos amigos míos. Tal vez en Zapotlán no los quisieran; pero, lo que es de mí, siempre fueron buenos amigos, hasta tantito antes de morirse. Ahora eso de que no los quisieran en Zapotlán no tenía ninguna importancia, porque tampoco a mí me querían allí, y tengo entendido que a nadie de los que vivíamos en la Cuesta de las Comadres nos pudieron ver con buenos ojos los de Zapotlán. Esto era desde viejos tiempos.

Por otra parte, en la Cuesta de las Comadres, los Torricos no la llevaban bien con todo mundo. Seguido había desavenencias. Y si no es mucho decir, ellos eran allí los dueños de la tierra y de las casas que estaban encima de la tierra, con todo y que, cuando el reparto, la mayor parte de la Cuesta de las Comadres nos había tocado por igual a los sesenta que allí vivíamos, y a ellos, a los Torricos, nada más un pedazo de monte, con una mezcalera nada más, pero donde estaban desperdigadas casi todas las casas. A pesar de eso, la Cuesta de las Comadres era de los Torricos. El coamil que yo trabajaba era también de ellos: de Odilón y Remigio Torrico, y la docena y media de lomas verdes que se veían allá abajo eran juntamente de ellos.

No había por qué averiguar nada. Todo el mundo sabía que así era.

Sin embargo, de aquellos días a esta parte, la Cuesta de las Comadres se había ido deshabitando. De tiempo en tiempo, alguien se iba; atravesaba el guardaganado donde está el palo alto, y desaparecía entre los encinos y no volvía aparecer ya nunca. Se iban, eso era todo.

Y yo también hubiera ido de buena gana a asomarme a ver qué había tan atrás del monte que no dejaba volver a nadie; pero me gustaba el terrenito de la cuesta, y además era buen asgo de los Torricos.

El coamil donde yo sembraba todos los años un tantito de maíz para tener elotes, y otro tantito de frijol, quedaba por el lado de arriba, allí donde la ladera baja hasta esa barranca que le dicen Cabeza del Toro.

El lugar no era feo; pero la tierra se hacía pegajosa desde que comenzaba a llover, y luego había un desparramadero de piedras duras y filosas como troncos que parecían crecer con el tiempo. Sin embargo, el maíz se pegaba bien y los elotes que allí se daban eran muy dulces. Los Torricos, que para todo lo que se comía necesitaban la sal de tequesquite, para mis elotes no; nunca buscaron ni hablaron de echarle tequesquite a mis elotes, que eran de los que se daban en Cabeza del Toco.

Y con todo y eso, y con todo y que las lomas verdes de allá abajo eran mejores, la gente se fue acabando. No se iban para el lado de Zapotlán, sino por este otro rumbo, por donde llega a cada rato ese viento lleno de olor de los encinos y del ruido del monte. Se iban callados la boca, sin decir nada ni pelearse con nadie. Es seguro que les sobraban ganas de pelearse con los Torricos para desquitarse de todo el mal que les habían hecho; pero no tuvieron ánimos. Seguro eso pasó.

La cosa es que todavía después de que murieron los Torricos nadie volvió más por aquí. Yo estuve esperando. Pera nadie regresó. Primero les cuidé sus casas; remendé los techos y les puse ramas a los agujeros de sus paredes; pero viendo que tardaban en regresar, las dejé por la paz. Los únicos que no dejaron nunca de venir fueron los aguaceros de mediados de año, y esos ventarrones que soplan en febrero y que le vuelan a uno la cobija a cada rato. De vez en cuando, también, venían los cuervos volando muy bajito y graznando fuerte como si creyeran estar en algún lugar deshabitado.

Así siguieron las cosas todavía después de que se murieran los Torricos.

Antes, desde aquí, sentado donde ahora estoy, se veía claramente Zapotlán. En cualquier hora del día y de la noche podía verse la manchita blanca de Zapotlán allá lejos. Pero ahora las jarillas han crecido muy tupido y, por más que el aire las mueve de un lado para otro, no dejan ver nada de nada.

Me acuerdo de antes, cuando los Torricos venían a sentarse aquí también y se estaban acuclillando horas y horas hasta el oscurecer, mirando para allá sin cansarse, como si el lugar este les sacudiera sus pensamientos o el mitote de ir a pasearse a Zapotlán. Sólo después supe que no pensaban en eso. Únicamente se ponían a ver el camino: aquel ancho callejón arenoso que se podía seguir con la mirada desde el comienzo hasta que se perdía entre los ocotes del cerro de la Media Luna.

Yo nunca conocí a nadie que tuviera un alcance de vista como el de Remigio Torrico. Era tuerto. Pero el ojo negro y medio cerrado que le quedaba parecía acercar tanto las cosas, que casi las traía junto a sus manos. Y de allí a saber qué bultos se movían por el camino no había ninguna diferencia. Así, cuando su ojo se sentía a gusto teniendo en quién recargar la mirada, los dos se levantaban de su divisadero y desaparecían de la Cuesta de las Comadres por algún tiempo.

Eran los días en que todo se ponía de otro modo aquí entre nosotros. La gente sacaba de las cuevas del monte sus animalitos y los traía a amarrar en sus corrales. Entonces se sabía que había borregos y guajolotes. Y era fácil ver cuántos montones de maíz y de calabazas amarillas amanecían asoleándose en los patios. El viento que atravesaba los cerros era más frío que otras veces; pero, no se sabía por qué, todos allí decían que hacía muy buen tiempo. Y uno oía en la madrugada que cantaban los gallos como en cualquier lugar tranquilo, y aquello parecía como si siempre hubiera habido paz en la Cuesta de las Comadres.

Luego volvían los Torricos. Avisaban que venían desde antes que llegaran, porque sus perros salían a la carrera y no paraban de ladrar hasta encontrarlos. Y nada más por los ladridos todos calculaban la distancia y el rumbo por donde irían a llegar. Entonces la gente se apuraba a esconder otra vez sus cosas.

Siempre fue así el miedo que traían los difuntos Torricos cada vez que regresaban a la Cuesta de las Comadres.

Pero yo nunca llegué a tenerles miedo. Era buen amigo de los dos y a veces hubiera querido ser un poco menos viejo para meterme en los trabajos en que ellos andaban. Sin embargo, ya no servía yo para mucho. Me di cuenta aquella noche en que les ayudé a robar a un arriero. Entonces me di cuenta de que me faltaba algo. Como que la vida que yo tenía estaba ya muy desperdiciada y no aguantaba más estirones. De eso me di cuenta.

Fue como a mediados de las aguas cuando los Torricos me convidaron para que les ayudara a traer unos tercios de azúcar. Yo iba un poco asustado. Primero, porque estaba cayendo una tormenta de ésas en que el agua parece escarbarle a uno por debajo de los pies. Después, porque no sabía adónde iba. De cualquier modo, allí vi yo la señal de que no estaba hecho ya para andar en andanzas.

Los Torricos me dijeron que no estaba lejos el lugar donde íbamos. "En cosa de un cuarto de hora estamos allá", me dijeron. Pero cuando alcanzamos el camino de la Media Luna comenzó a oscurecer y cuando llegamos adonde estaba el arriero era ya alta la noche.

El arriero no se paró a ver quién venía. Seguramente estaba esperando a los Torricos y por eso no le llamó la atención vernos llegar. Eso pensé. Pero todo el rato que trajinamos de aquí para allá con los tercios de azúcar, el arriero se estuvo quieto, agazapado entre el zacatal. Entonces le dije eso a los Torricos. Les dije:

—Ése que está allí tirado parece estar muerto o algo por el estilo.

—No, nada más ha de estar dormido —me dijeron ellos—. Lo dejamos aquí cuidando, pero se ha de haber cansado de esperar y se durmió.

Yo fui y le di una patada en las costillas para que despertara; pero el hombre siguió igual de tirante.

—Está bien muerto —les volví a decir.

—No, no te creas, nomás está tantito atarantado porque Odilón le dio con un leño en la cabeza, pero después se levantará. Ya verás que en cuanto salga el sol y sienta el calorcito, se levantará muy aprisa y se irá en seguida para su casa. ¡Agárrate ese tercio de allí y vámonos! —Fue todo lo que me dijeron.

Ya por último le di una última patada al muertito y sonó igual que si se la hubiera dado a un tronco seco. Luego me eché la carga al hombro y me vine por delante. Los Torricos me venían siguiendo. Los oí que cantaban durante largo rato, hasta que amaneció. Cuando amaneció dejé de oírlos. Ese aire que sopla tantito antes de la madrugada se llevó los gritos de su canción y ya no pude saber si me seguían, hasta que oí pasar por todos lados los ladridos encarrerados de sus perros.

De ese modo fue como supe qué cosas iban a espiar todas las tardes los Torricos, sentados junto a mi casa de la Cuesta de las Comadres.

A Remigio Torrico yo lo maté.

Ya para entonces quedaba poca gente entre los ranchos. Primero se habían ido de uno en uno; pero los últimos casi se fueron en manada. Ganaron y se fueron, aprovechando la llegada de las heladas. En años pasados llegaron las heladas y acabaron con las siembras en una sola noche. Y este año también. Por eso se fueron. Creyeron seguramente que al año siguiente sería lo mismo y parece que ya no se sintieron con ganas de seguir soportando las calamidades del tiempo todos los años y la calamidad de los Torricos todo el tiempo.

Así que, cuando yo maté a Remigio Torrico, ya estaba bien vacía de gente la Cuesta de las Comadres y las lomas de los alrededores.

Esto sucedió como en octubre. Me acuerdo que había una luna muy grande y muy llena de luz, porque yo me senté afuerita de mi casa a remendar un costal todo agujerado, aprovechando la buena luz de la luna, cuando llegó el Torrico.

Ha de haber andado borracho. Se me puso enfrente y se bamboleaba de un lado para otro, tapándome y destapándome la luz que yo necesitaba de la luna.

—Ir ladereando no es bueno —me dijo después de mucho rato—. A mí me gustan las cosas derechas, y si a ti no te gustan, ahí te lo haiga, porque yo he venido aquí a enderezarlas.

Yo seguí remendando mi costal. Tenía puestos todos mis ojos en coserle los agujeros, y la aguja de arria trabajaba muy bien cuando la alumbraba la luz de la luna. Seguro por eso creyó que yo no me preocupaba de lo que decía:

—A ti te estoy hablando —me gritó, ahora sí ya corajudo—. Bien sabes a lo que he venido.

Me espanté un poco cuando se me acercó y me gritó aquello casi a boca de jarro. Sin embargo, traté de verle la cara para saber de qué tamaño era su coraje y me le quedé mirando, como preguntándole a qué había venido.

Eso sirvió. Ya más calmado se soltó diciendo que a la gente como yo había que agarrarla desprevenida.

—Se me seca la boca al estarte hablando después de lo que hiciste —me dijo—; pero era tan amigo mío mi hermano como tú y sólo por eso vine a verte, a ver cómo sacas en claro lo de la muerte de Odilón.

Yo lo oía ya muy bien. Dejé a un lado el costal y me quedé oyéndolo sin hacer otra cosa.

Supe cómo me echaba a mí la culpa de haber matado a su hermano. Pero no había sido yo. Me acordaba quién había sido, y yo se lo hubiera dicho, aunque parecía que él no me dejaría lugar para platicarle cómo estaban las cosas.

—Odilón y yo llegamos a pelearnos muchas veces —siguió diciéndome—. Era algo duro de entendederas y le gustaba encararse con todos, pero no pasaba de allí. Con unos cuantos golpes se calmaba. Y eso es lo que quiero saber; si te dijo algo, o te quiso quitar algo, o qué fue lo que pasó. Pudo ser que te haya querido golpear y tú le madrugaste. Algo de eso ha de haber sucedido.

Yo sacudí la cabeza para decirle que no, que yo no tenía nada que ver...

—Oye —me atajó el Torrico—, Odilón llevaba ese día catorce pesos en la bolsa de la camisa. Cuando lo levanté, lo esculqué y no encontré esos catorce pesos. Luego ayer supe que te habías comprado una frazada.

Y eso era cierto. Yo me había comprado una frazada. Vi que se venían muy aprisa los fríos y el gabán que yo tenía estaba ya todito hecho garras, por eso fui a Zapotlán a conseguir una frazada. Pero para eso había vendido el par de chivos que tenía, y no fue con los catorce pesos de Odilón con lo que la compré. Él podía ver que si el costal se había llenado de agujeros se debió a que tuve que llevarme al chivito chiquito allí metido, porque todavía no podía caminar como yo quería.

—Sábete de una vez por todas que pienso pagarme lo que le hicieron a Odilón, sea quien sea el que lo mató. Y yo sé quién fue —oí que me decía casi encima de mi cabeza.

—¿De modo que fui yo? —le pregunté.

—¿Y quién más? Odilón y yo éramos sinvergüenzas y lo que tú quieras, y no digo que no llegamos a matar a nadie; pero nunca lo hicimos por tan poco. Eso sí te lo digo a ti.

La luna grande de octubre pegaba de lleno sobre el corral y mandaba hasta la pared de mi casa la sombra larga de Remigio. Lo vi que se movía en dirección de un tejocote y que agarraba el guango que yo siempre tenía recargado allí. Luego vi que regresaba con el guango en la mano.

Pero al quitarse él de enfrente, la luz de la luna hizo brillar la aguja de arria, que yo había clavado en el costal. Y no sé por qué, pero de pronto comencé a tener una fe muy grande en aquella aguja. Por eso, al pasar Remigio Torrico por mi lado, desensarté la aguja y sin esperar otra cosa, se la hundí a él cerquita del ombligo. Se la hundí hasta donde le cupo. Y allí la dejé.

Luego luego se engarruñó como cuando da el cólico y comenzó a acalambrarse hasta doblarse poco a poco sobre las corvas y quedar sentado en el suelo, todo entelerido y con el susto asomándosele por el ojo.

Por un momento pareció como que se iba a enderezar para darme un machetazo con el guango; pero seguro se arrepintió o no supo ya qué hacer, soltó el guango y volvió a engarruñarse. Nada más eso hizo.

Entonces vi que se le iba entristeciendo la mirada como si comenzara a sentirse enfermo. Hacía mucho que no me tocaba ver una mirada así de triste y me entró la lástima. Por eso aproveché para sacarle la aguja de arria del ombligo y metérsela más arribita, allí donde pensé que tendría el corazón. Y sí, allí lo tenía, porque nomás dio dos o tres respingos como un pollo descabezado y luego se quedó quieto.

Ya debía haber estado muerto cuando le dije:

—Mira, Remigio, me has de dispensar, pero yo no maté a Odilón. Fueron los Alcaraces. Yo andaba por allí cuando él se murió, pero me acuerdo bien de que yo no lo maté. Fueron ellos, toda la familia entera de los Alcaraces. Se le dejaron ir encima, y cuando yo me di cuenta, Odilón estaba agonizando. Y ¿sabes por qué? Comenzando porque Odilón no debía haber ido a Zapotlán. Eso tú lo sabes. Tarde o temprano tenía que pasarle algo en ese pueblo, donde había tantos que se acordaban mucho de él. Y tampoco los Alcaraces lo querían. Ni tú ni yo podemos saber qué fue a hacer él a meterse con ellos.

"Fue cosa de un de repente. Yo acababa de comprar mi zarape y ya iba de salida cuando tu hermano le escupió un trago de mezcal en la cara a uno de los Alcaraces. Él lo hizo por jugar. Se veía que lo había hecho por divertirse, porque los hizo reír a todos. Pero todos estaban borrachos. Odilón y los Alcaraces y todos. Y de pronto se le echaron encima. Sacaron sus cuchillos y se le apeñuscaron y lo aporrearon hasta no dejar de Odilón cosa que sirviera. De eso murió.

"Como ves, no fui yo el que lo mató. Quisiera que te dieras cabal cuenta de que yo no me entrometí para nada".

Eso le dije al difunto Remigio.

Ya la luna se había metido del otro lado de los encinos cuando yo regresé a la Cuesta de las Comadres con la canasta pizcadora vacía. Antes de volverla a guardar, le di unas cuantas zambullidas en el arroyo para que se le enjuagara la sangre. Yo la iba a necesitar muy seguido y no me hubiera gustado ver la sangre de Remigio a cada rato.

Me acuerdo que eso pasó allá por octubre, a la altura de las fiestas de Zapotlán. Y diga que me acuerdo que fue por esos días, porque en Zapotlán estaban quemando cohetes, mientras que por el rumbo donde tiré a Remigio se levantaba una gran parvada de zopilotes a cada tronido que daban los cohetes.

De eso me acuerdo.

En *El llano en llamas* (1953).

Tomado de: *El llano en llamas*. Editorial Planeta, Barcelona, 1981.

La Cuesta de las Comadres

Estudio de *Tierra marcada*

Por Pablo Ansolabehere

[Biografía de los autores]

Guillermo Cabrera Infante

Nació en Cuba en 1929. Fue uno de los grandes narradores de su país. En 1960 publicó el volumen de cuentos *Así en la paz como en la guerra*, y en 1964 una breve e intensa historia de Cuba, *Vista del amanecer en el trópico*, pero recién logró el reconocimiento internacional con *Tres tristes tigres*, novela de gran complejidad narrativa, publicada en España en 1967. Entre sus posteriores obras de ficción pueden mencionarse *La Habana para un infante difunto* (1979), *Delito por bailar el chachachá* (1995), *Ella cantaba boleros* (1996). También fue un gran crítico de cine, como puede comprobarse en *Un oficio del siglo xx* (1960) y *Arcadia todas las noches* (1978), textos que recogen sus críticas y ensayos cinematográficos. Por su disidencia con el rumbo del gobierno de Fidel Castro, a mediados de la década de 1960 decidió alejarse para siempre de su patria, y se radicó en Londres, donde murió en 2005. Fue galardonado con el Premio Cervantes en 1997.

Julio Cortázar

Nació en Bruselas en 1914, pero desde pequeño vivió en la Argentina, hasta que en 1951 decidió instalarse en París. Desde joven trabajó como docente de literatura y traductor. Cortázar fue un consumado cuentista, como lo demuestra con su primer libro, *Bestiario* (1951), y ratifica en los volúmenes que le siguen: *Final del juego* (1956), *Las armas secretas* (1959), *Todos los fuegos el fuego* (1966), *Octaedro* (1974), entre otros. Mientras tanto, en 1962 publica uno de sus textos más famosos, *Historia de Cronopios y de famas*, donde mezcla muy bien juego y relato. En 1963 aparece *Rayuela*, que no fue su primera novela, pero sí la que le dio fama internacional y lo posicionó como uno de los autores fundamentales del *Boom*. A esta novela le siguen *62, modelo para armar* y *El libro de Manuel* (1973). Desde entonces, hasta su muerte, siguió publicando libros de relatos, poemas, ensayos. Además de la literatura, Cortázar mostró un creciente interés por los problemas sociales y políticos de Latinoamérica, empezando por su apoyo a la Revolución Cubana a comienzos de los años '60. Por su compromiso político, Cortázar fue censurado durante la última dictadura militar Argentina, país al que pudo regresar de visita poco antes de su muerte, acaecida en París, en 1984.

José Donoso

Nació en Santiago de Chile en 1924. Estudió en la Universidad de Chile y en la de Princeton, Estados Unidos, y también trabajó como profesor en varias universidades de su país y el extranjero. A pesar de haber escrito y publicado poesía, teatro y ensayos de tono autobiográfico, Donoso se ha destacado fundamentalmente como narrador. Ha publicado cuentos: *Veraneo y otros cuentos* (1955), *El charleston* (1960); novelas cortas: *Tres novelitas burguesas* (1973), *Cuatro para Delfina* (1982); y novelas: *Coronación* (1958), *Este domingo* (1966), *El lugar sin límites* (1967), sin dudas una de sus mejores obras junto con *El obsceno pájaro de la noche* (1970), a la que le siguieron, entre otras novelas, *Casa de campo* (1978), *El jardín de al lado* (1981), *Donde van a morir los elefantes* (1995) y *El mocho* (1997), de publicación póstuma. Murió en 1996.

Gabriel García Márquez

Premio Nobel de Literatura 1982, es sin dudas el novelista más famoso de Latinoamérica. Nació en Colombia en 1928. Desde muy joven trabajó como periodista, actividad que alternaba con su oficio de escritor. En 1955 publicó *La hojarasca*, su primera novela, en la que ya aparece delineado el universo ficcional que luego reaparecerá en otros textos suyos. En 1961 publica *El coronel no tiene quien le escriba*, pero lo que le dio fama mundial fue la publicación, en 1967, de su célebre novela *Cien años de soledad*, que lo consagró también como un autor de gran éxito editorial. Le siguen *El otoño del patriarca* (1975), *Crónica de una muerte anunciada* (1981), *El amor en los tiempos del cólera* (1985), *El general en su laberinto* (1989). También es un destacado cuentista, como lo demuestra con *Los funerales de la Mamá Grande* (1962), *La increíble y triste historia de la cándida Eréndida y de su abuela desalmada* (1972) y *Doce cuentos peregrinos* (1992). También ha publicado textos periodísticos, guiones de cine y su autobiografía.

Elena Garro

Nació en Puebla, México, en 1920. Estudió literatura en la Universidad Autónoma de México y se casó con el gran escritor mexicano Octavio Paz. Junto con él vivió en diversas partes del mundo: Francia, Japón, Suiza. Más tarde, ya divorciada, vivió en Estados Unidos y España. Elena Garro incursionó en el teatro, con obras como *Un hogar sólido* (1958) o *Felipe Ángeles* (1978), el cuento, con *La semana de colores* (1964), y la novela: *Los recuerdos del porvenir* (1963), *Andamos huyendo Lola* (1980), *Un corazón en un bote de basura*. Murió en México en 1998.

Clarice Lispector

Nació en Ucrania en 1926, pero al poco tiempo su familia se trasladó a Brasil. Desde joven trabajó como periodista y vivió alternativamente en diversos países: Italia (donde fue testigo directo de la Segunda Guerra Mundial), Suiza, Estados Unidos. Finalmente se radicó en la ciudad que hizo suya: Río de Janeiro. Es considerada como una de las grandes narradoras de la literatura brasileña. Entre sus obras se destacan las novelas *Cerca del corazón salvaje* (1943), *La Pasión según G. H.* (1964), los libros de relatos *Algunos cuentos* (1953), *Lazos de familia* (1960), *La Legión Extranjera* (1964). Murió en Río de Janeiro en 1977.

Julio Ramón Ribeyro

Nació en el Perú en 1929. En 1952 se alejó de su país rumbo a Europa; finalmente se radicó en París, donde produjo el grueso de su obra y vivió hasta los últimos años de su vida. Ribeyro se destacó sobre todo como cuentista y publicó varios volúmenes de cuentos, como su incial *Los gallinazos sin plumas* (1955), o *Silvio en el Rosedal* (1976); en 1992 reunió la mayor parte de sus relatos breves en *Cuentos completos*. También escribió novelas –como *Crónica de San Gabriel* (1960), *Los geniecillos dominicales* (1965) o *Cambio de guardia* (1976)–, teatro, crítica literaria y algunos textos de difícil clasificación genérica, como *Prosas apátridas* (1975), conjunto de anécdotas, impresiones literarias, pensamientos, breves ensayos. Ribeyro murió en Lima en 1994.

Augusto Roa Bastos

Nació en Asunción del Paraguay en 1917. Siendo muy joven combatió en la Guerra del Chaco (1932-1935). En 1947 se vio obligado a abandonar su país y se radicó en Buenos Aires. Allí publicó los textos que lo hicieron famoso: *El trueno entre las hojas* (1953), *Hijo de hombre* (1960), *El baldío* (1966), *Madera quemada* (1967), *Moriencia* (1969), *Cuerpo presente* y *Yo el supremo* (1974), ambiciosa novela en la que recrea la vida del dictador paraguayo Gaspar Rodríguez de Francia. Como consecuencia del golpe militar de 1976, abandonó la Argentina y se radicó en Francia. En los últimos años de su vida pudo volver a Paraguay, donde murió en 2005. Entre los textos publicados en este período pueden citarse *El fiscal* (1993), *Contravida* (1994) y *Madama Sui* (1995) En 1989 obtuvo el Premio Cervantes.

Juan Rulfo

Nació en Jalisco, México, en 1918. Su producción narrativa se limita, básicamente, a un volumen de cuentos titulado *El llano en llamas* (1953) y a la novela *Pedro Páramo* (1955). En ambos textos recrea de manera muy particular el mundo campesino de la zona de Jalisco que conoció bien en su infancia. A pesar de su brevedad, la obra de Rulfo ha sido una de las más influyentes en la literatura hispanoamericana moderna. En 1983 se le otorgó el premio Príncipe de Asturias de las Letras. Murió en la ciudad de México en 1986.

[Análisis de la obra]

Es casi imposible no remitir al fenómeno del *Boom* de la narrativa latinoamericana de la década de 1960 cuando se trata de comentar una antología de cuentos modernos de autores latinoamericanos, aunque no todos –autores y textos– puedan ser incluidos en las coordenadas que definieron a este fenómeno. Es que a partir del *Boom* se planteó una serie de cuestiones que aún siguen vigentes, por ejemplo en cuanto a la eventual existencia de algo llamado "literatura latinoamericana", o directamente, "cultura latinoamericana", o qué debía entenderse exactamente por tales conceptos. En este sentido uno de los principales cuestionamientos hacia el *Boom* fue que se trató de un mero fenómeno de mercado, producido en y para los países centrales (principalmente Estados Unidos y algunos países europeos), lo cual llevaba a que se tomara a Latinoamérica como un bloque culturalmente homogéneo, dejando de lado las diferencias –en algunos casos notables– entre los diversos países y regiones que componen ese conjunto de naciones denominado "Latinoamérica".

Por otro lado es indudable que hay una serie de factores que permiten pensar a Latinoamérica como un bloque, empezando por su historia, marcada por la Conquista española y el sometimiento de los pueblos aborígenes a los dictados del poder imperial, que impuso una organización política, una religión, una lengua y una tradición cultural comunes. Y más modernamente, ya con la aparición de las naciones americanas durante el siglo XIX, un conjunto de problemas estructurales comunes que fueron marcando hasta la actualidad cierta tendencia a la repetición de situaciones políticas análogas. Un ejemplo de esto último es la aparición casi simultánea de regímenes dictatoriales, casi siempre producto de golpes militares, en los años 70, y la posterior "oleada" de gobiernos democráticos en la década del '80.

Sin embargo, este resumen incompleto de situaciones similares y de una historia común no debe hacernos olvidar las diferencias, a veces sutiles y en otros casos muy evidentes, entre los países latinoamericanos. Por empezar hay que recordar, aunque suene obvio, que no todos los países latinoamericanos fueron parte del imperio español. El caso más notorio es el de Brasil, cuya lengua oficial, el portugués (herencia directa del país que colonizó su territorio) es el rasgo diferencial más notorio frente a los demás países de la región.

Pero además, en relación con la lengua –como ya se dijo, uno de los elementos aglutinantes fundamentales– debe recordarse que, más allá del castellano estándar, existen variantes regionales que marcan muy fuertemente la identidad cultural de las diferentes zonas del continente. En el cuento "Reunión", de Cortázar, por ejemplo, estas diferentes inflexiones del castellano (el rioplatense del narrador protagonista y el español caribeño de sus compañeros) refuerzan la identidad del personaje histórico que recrea Cortázar, en el momento mismo en que esa identidad se está gestando, con ese apodo con el que se lo conocerá en todo el mundo (el "Che") , y que es, al mismo tiempo, una de las marcas más notables del castellano del Río de la Plata.

En este punto también hay que mencionar que, si bien en la conquista, tanto española como portuguesa, suprimir las tradiciones·culturales precolombinas fue la tendencia dominante, lo cierto es que en cada región el proceso resultó diferente, tanto por las circunstancias históricas de dominio y mestizaje, como por la diversidad de esas culturas aborígenes: la fuerte presencia de la tradición incaica o azteca en países como Perú o México tiene mucho que ver con el desarrollo que habían alcanzado esos pueblos aborígenes antes de la llegada de los españoles. En varios países, además de Perú o México, la pervivencia de esas culturas es particularmente notable y determina, por ejemplo, la existencia de otras lenguas, además del castellano. Paraguay, con la pervivencia del guaraní –en algunas regiones como primera lengua– es un ejemplo, como lo muestra Roa Bastos en su relato "Hogar".

A esta presencia dispar y compleja de las culturas aborígenes, hay que sumarle otros elementos claves, como la incorporación de mano de obra esclava de origen africano, que también ha dejado su huella sobre todo en ciertas regiones y países, como Brasil, Cuba o Colombia, para citar algunos ejemplos. Y también el proceso inmigratorio de origen básicamente europeo que se registra entre las últimas décadas del siglo XIX y la primera mitad del siglo XX, ha contribuido de manera decisiva a delinear un perfil cultural característico, como es notorio en el caso de Argentina o Uruguay.

Todos estos ingredientes históricos, políticos, culturales, atraviesan los textos y determinan, al mismo tiempo,
los puntos en común y las diferencias que caracterizan la
literatura de Latinoamérica. Esta antología es una muestra de ello.

Los cuentos que la integran, además, ejemplifican, más
allá de la común pertenencia genérica, una diversidad de
opciones narrativas, que van desde modalidades tradicio-
nales, heredadas del siglo XIX, hasta experimentos formales que derivan de las vanguardias literarias europeas y
norteamericanas del siglo XX. Sin dejar de tener en cuenta esa diversidad, pueden intentarse algunas clasificaciones, como un modo inicial y provisorio, de acercamiento
a cada uno de los textos.

Por un lado aparece un conjunto de cuentos cuyo rasgo
distintivo es que están muy entramados con la historia,
tanto nacional como continental. En "La culpa es de los
tlaxcaltecas" (*La semana de colores*, 1964), ya desde el título su autora, la mexicana Elena Garro, remite a la historia de su país, construyendo la trama a partir del cruce –re-
suelto de modo fantástico– entre su presente histórico (la
presidencia de López Mateos, quien gobernó entre 1958 y
1964) y el de la Conquista, más precisamente cuando se
produce la caída de Tenochtitlán –la capital azteca– en
manos de los españoles. Garro elige narrar desde el punto
de vista de una mujer cuya historia remite, de manera ex-
plícita, a la de "La Malinche", mujer que, según la leyenda,
con su traición decidió la suerte en contra de su pueblo y a
favor del ejército español de Hernán Cortés. De algún modo el cuento retoma esa historia pero la invierte, al colocar
a la protagonista también en el lugar de las víctimas.

También el cuento de Juan Rulfo, "La Cuesta de las Comadres" (*El llano en llamas*, 1953), entabla relación con la historia de México, pero de manera más oblicua que el cuento de Garro, y con otro episodio fundamental de esa historia: la llamada "Revolución Mexicana", ese complejo movimiento de revuelta que se inicia hacia 1910, que va a continuar por varios años y que va a signar la historia mexicana contemporánea. Como sucede en la mayoría de sus relatos, Rulfo le da la voz a un campesino, quien narra su particular y violenta relación con los hermanos Torrico, con el telón de fondo del proceso de migración campesina y que la revolución y los gobiernos que fueron engendrados por ella pusieron en marcha.

También puede situarse aquí el relato de Roa Bastos, "Hogar" (*Hijo de hombre*, 1960) en el que se evoca uno de los tantos movimientos insurreccionales de Paraguay, en este caso el de 1912, llevado adelante por un grupo de militares rebeldes y campesinos quienes, seguramente inspirados en la Revolución Mexicana, sostienen la consigna de "Tierra y Libertad". La complejidad en el manejo de los tiempos y planos narrativos, así como la presencia de la mitología guaraní mezclada con referencias bíblicas, le da un tono especial al relato y sugiere la idea de que se trata de un movimiento cíclico en el que la rebelión contra un orden ancestralmente injusto vuelve a renacer de sus cenizas.

Julio Cortázar, por su parte, en "Reunión" (*Todos los fuegos el fuego*, 1966) ficcionaliza, trabajando para ello con *La sierra y el llano*, texto testimonial de Ernesto "Che" Guevara, los comienzos iniciales del movimiento insurreccional que, liderado por Fidel Castro, va a terminar con la dictadura de Batista en Cuba, en 1959. Se trata de un momento clave, no sólo para la historia de Cuba, sino para la de Latinoamérica, ya que el gobierno liderado por Castro va a transformarse en el primero de carácter comunista-marxista en la historia del continente, y va a funcionar inicialmente como una especie de "imán" para varios de los más importantes escritores de Latinoamérica.

Otros cuentos pueden agruparse –más allá de las diferencias formales o de tono– por el común intento de poner en primer plano alguna problemática social. Es el caso de, por ejemplo, "Un rato de tenmeallá" (*Así en la paz como en la guerra*, 1960), del cubano Cabrera Infante, donde se narra la historia de una familia muy pobre, acosada por la amenaza de un desalojo inminente, lo cual lleva a una de las muchachas a prostituirse para conseguir algo de dinero y aliviar la situación familiar. Aunque la historia pueda resultar previsible, está contada de un modo muy original, ya que Cabrera Infante elige para hacerlo el punto de vista de un niña y la técnica del "fluir de la conciencia" (que requiere una puntuación no convencional). De ese modo logra darle un tono particular a una historia ya contada muchas veces.

En "La tela de araña" (*Los gallinazos sin plumas*, 1955) Julio Ribeyro, desde los parámetros clásicos del realismo, narra una historia en algún punto parecida a la de Cabrera Infante. En ella la tela de araña funciona como símbolo de un sistema social que perjudica a los que menos tienen –como es el caso de la protagonista– y los deja sin escapatoria.

En "Viaje a Petrópolis" (*La Legión Extranjera*, 1964), de Clarice Lispector, la protagonista –una anciana con problemas mentales que está sola en el mundo– es también, de alguna manera, una víctima social, alguien que ha quedado desamparado y a quien la sociedad le da la espalda. La diferencia con los relatos anteriores reside tal vez en que Lispector se aleja deliberadamente de todo tremendismo y la elección de la perspectiva de la anciana contribuye al tono casi risueño que sobrevuela el relato.

Por último están los cuentos de Donoso y García Márquez que, si algo tienen en común es que la tensión narrativa de sus relatos surge del enfrentamiento entre dos órdenes culturales o sociales diferentes, y de un manejo de la desmesura que enrarece la aparente concepción realista de las historias. En "El güero" (*Veraneo y otros cuentos*, 1955) Donoso aprovecha a su manera la dicotomía clásica entre "barbarie" americana y "civilización" europea (en este caso, norteamericana), y la exuberancia de una naturaleza casi virgen es el marco adecuado para el tipo de inflexión que esa dicotomía encuentra. Mientras que en "La prodigiosa tarde de Baltazar" (*Los funerales de la Mamá Grande*, 1962), García Márquez utiliza un elemento común –una jaula– pero a la vez prodigioso en virtud de su inmensa belleza, para narrar la particular victoria de su artífice frente al hombre fuerte del pueblo.

Se trata, en definitiva, de clasificaciones, es decir, de un modo tentativo y nunca clausurado de pensar los cuentos de esta antología. De una excusa para incitar –aunque sea a partir del disenso– otras formas leer.

[Índice]

Prólogo 5
POR LILIANA HEKER

Un rato de tenmealla 9
GUILLERMO CABRERA INFANTE

Reunión 23
JULIO CORTÁZAR

El güero 43
JOSÉ DONOSO

La prodigiosa tarde de Baltazar 69
GABRIEL GARCÍA MÁRQUEZ

La culpa es de los tlaxcaltecas 79
ELENA GARRO

Viaje a Petrópolis 103
CLARICE LISPECTOR

La tela de araña 115
JULIO RAMÓN RIBEYRO

Hogar 127
AUGUSTO ROA BASTOS

La Cuesta de las Comadres 153
JUAN RULFO

Estudio de *Tierra marcada* 165
PABLO ANSOLABEHERE

Esta primera edición de
6000 ejemplares
se terminó de imprimir
en el mes de febrero de 2006
en Verlap, Comandante Spurr 654,
Avellaneda, Buenos Aires, República Argentina.